講談社文庫

○○○○○○○○殺人事件

早坂 吝

講談社

目次 contents

主な登場人物

沖《おき》 健太郎《けんたろう》（26）……区役所職員、語り手
小野寺《おのでら》 渚《なぎさ》（23）……大学院生
浅川《あさかわ》 史則《ふみのり》（45）……医者
中条《なかじょう》 法子《のりこ》（40）……弁護士
成瀬《なるせ》 瞬《しゅん》（35）……フリーライター、ブロガー
上木《かみき》 らいち（18？）……その同伴者
黒沼《くろぬま》 重紀《しげき》（50）……孤島の所有者、仮面の男
黒沼《くろぬま》 深景《みかげ》（30）……その妻
タンクトップの二人組（両20）……おがさわら丸の乗客
中浦《なかうら》 源平《げんぺい》（70）……質屋
藍川《あいかわ》（38）……刑事

○○○○○○○○殺人事件

読者への挑戦状

○○殺人事件というタイトルはありふれている。○○には「湯けむり温泉」とか「紅蓮館《ぐれんかん》」とか「ボイル＝シャルルの法則」とかいう単語が入る。しかし○が○のまま残った本書のようなタイトルは前例がないのではないかと自負している。もっとも、この○も伏せ字であることには変わりない。問題は現時点でそれが伏せられたままだということだ。

今回諸君に取り組んでいただくのは、犯人当て《フーダニット》でも、トリック当て《ハウダニット》でも、動機当て《ホワイダニット》でもなく、タイトル当てである。

○の数は伏せられている言葉の字数に対応する。したがって八文字ということになるが、これは漢字かな混じりで八文字という意味だ。どれを漢字にするかで字数にズレが生じる可能性もあるので、すべてひらがなに直した場合の字数も挙げておくと、十三文字である。

しかしこれだけでは考えなければならない範囲が広すぎるのでヒントを出そう。伏せられているのは、ことわざである。

別に難しいことわざではない。目次を見てほしい。遊び心として各章のタイトルをことわざで統一しているが、どれも有名なものだ。タイトルのことわざもこのレベルである。

ところで諸君は疑問に思っているのではないだろうか。どうして推理小説でタイトル当てをする必要があるのか。自分は普通の推理小説が読みたいのに……と。

タイトル当ての目的は二つある。

一つは救済措置だ。本書はタイトルを当てるだけのクイズ本ではなく、ちゃんと純粋論理思考によって犯人を一人に限定できる推理小説でもある。推理小説というものは、何となく怪しんでいた人物が犯人だったからといって正解にはならない。なぜその人物しか犯人たり得ないのかという根拠を提示できて初めて正解になるのだ。しかし本書の難易度は非常に高く、惜しむらくは諸君の能力を大きく超えていると思われる。

そこでタイトル当てだ。伏せられているタイトルは事件のトリックを如実に言い表している。つまりタイトルが分かった瞬間、事件の全貌も明らかになるというわけだ。

本書を読み進める際は、ぜひあれこれことわざを思い浮かべてほしい。正解のことわざに行き着いた瞬間、雷に撃たれたようにすべてを理解する……そんなこともあるかもしれない。理詰めだけではなくインスピレーションでも解くことができるのが本書の特徴だ。

そしてもう一つの目的は、救済措置だ。右のようには書いたものの、やはり諸君が真相を解明するのは不可能であるように思う。そうなった場合、犯人もトリックも当てられず作者に完全敗北したまま本を閉じることになる。それではあまりに哀れだと思ったのだ。

犯人もトリックも当てられなかったけどタイトルだけは当てられた――そんな、ささやかな成功体験をしてほしい。そういう思いが本書には込められている。

事件の真相は第六章ですべて明かされる。その段階で大体の人間はタイトルも分かるだろう。にもかかわらず、タイトルが明かされるのは本書の最後である。猶予期間を与えることで、一人でも多くの人にタイトルを当ててもらいたいからだ。

まとめると、諸君は二重に救済されている。まずはことわざをヒントに真相を推理し、解決編までに分からなければ、今度は真相をヒントにことわざを推理する。それが本書の読み方である。

健闘を祈る。

早坂 吝

第一章　類は友を呼ぶ

八月某日、木曜日、快晴。

クールビズの普及以降、ネクタイをしない人が増えた。しかしそれでもなお人々は見えないネクタイに縛られているのだ。突如《とつじょ》伸びてきた見えない手がそれを摑《つか》み、彼らを満員電車やビルの中に引きずり込む。

僕はそんな光景を幻視しながら、ＪＲ浜松町《はままつちょう》駅の北口を出た。

かく言う僕は見えるネクタイも見えないネクタイもしていない。しかしニートではない。東京都の某区に勤める地方公務員である。木、金、月、火を有休にして六連休を作ったのだ。

ほぼ間違いなく定時に帰れるのと、有休を取りやすいのだけが取り柄の仕事だ。民間に就職した大学時代の友人たちにそう言うと、「やっぱり公務員は楽なんだな」という感想が返ってくる。もっともこれはそういう反応を期待した一種の自虐《じぎゃく》ジョークであり、実際はそんな楽な仕事ではないと思う。毎日遅くまで残業をしている部署もたくさんある。しかし僕が今配属されている部署はなぜか驚くほど暇《ひま》なのだ。部署間で忙しさに差がありすぎる。多分、人員配置が下手なんだろう。

出口付近の混雑を抜け、高架下の日陰でジーンズのポケットから携帯を出して時間を見た。

僕は腕時計が嫌いだ。束縛されている感じが嫌なのだ。元受刑者は手錠のトラウマから腕時計を嫌うという話が、昔読んだ推理小説に書いてあった。僕は手錠をかけられたことはないが、心理としては似たようなものだろう。幸い職場には壁にもパソコン内にも時計があるので、仕事中も腕時計は外している。ましてやプライベートで着けるわけがない。だから時間を知りたい時はもっぱら携帯だ。

携帯の画面には、午前九時五十分という時刻が表示されている。出航は十一時。余裕は充分すぎるほどある。早足の人々を尻目に悠然とした足取りで、燦々《さんさん》と降り注ぐ日光の下に歩み出た。

ふと気付くと、同様に身軽な人々が前を歩いている。彼らの行き先はきっと僕と同じだろう。

竹芝《たけしば》客船ターミナル。

僕はそこから二十四時間船に乗り、東京から南南東約千キロの太平洋上にある小笠《おがさ》原《わら》諸島へ行く。

小笠原諸島には大小たくさんの島があるが、人が住んでいるのは父島、母島、硫黄《いおう》島《とう》、南鳥島《みなみとりしま》、再従兄弟島《またいとこじま》の五つだけである。再従兄弟島というのは、友人の黒沼重紀《くろぬましげき》さん・深景《みかげ》さん夫妻が二人だけで住んでいるプライベート・アイランドだ。この再従兄弟島が今回の旅の終着点である。

一介の小役人に過ぎない僕が、どうして島一つを所有する大金持ちとお近付きになれたのか。それには次のような経緯《いきさつ》がある。

ある日、アウトドア派の僕がネットで関連情報を探していると、同好の士がやっているブログを見つけた。成瀬瞬《なるせしゅん》さんというフリーライターが、人跡未踏《じんせきみとう》の山奥や海岸への冒険記をアップしているブログだ。

アウトドア派の僕たちにとって、この人跡未踏という点が非常に重要だ。ガイドブックやインターネットでよく取り上げられる名所だと、観光客がうじゃうじゃいて困る。やはり自然を満喫するなら誰も知らない秘境に限る。

せっかく見つけたその場所をブログで紹介してしまっては本末転倒ではないかという考えもあるかもしれないが、秘境に行きたいと考えるような人間はそもそもがマイノリティなので大勢に影響はない。

成瀬さんもブログでこう書いていた。

「大衆は自然になど興味はない。『みんな行ったことがあるあの場所』に興味があるだけなのだ」

彼に共鳴した僕はブログに書き込むようになった。そういうマイノリティが他にも何人かいて、そのうちの一人が重紀さんだった。

三年前、ブログの常連メンバー七人でオフ会をやろうという話になった。もちろん居酒屋やカラオケではなく、大自然の中で。

その際、重紀さんが小笠原諸島に自分の島を持っているということをカミングアウトした。それでみんなでその島に遊びに行くことになった。

再従兄弟島は「楽園」と恥ずかしげもなく言えるくらい素晴らしいところだった。そこでの暮らしに満足した僕たちは、毎年夏にそこでオフ会を行うことにした。今回で四回目になる。


したがって駅からの道を間違えることはない。潮の香りがし始める頃、竹芝客船ターミナルに辿り着いた。

巨大なマストが目印の中央広場は、早くも大勢の客で賑《にぎ》わっていた。釣り竿やダイビングの機材を持っている人も多い。そういった遊び道具はすべて黒沼邸に用意されているので、僕はリュックサック一つで済んでいる。

マストの根元に一匹の三毛猫がいた。周囲に飼い主の姿は見えない。野良猫だろうか。

僕がそちらを観察していると――。

ボー。

突然の汽笛が僕の全身を震わせた。毎年のことながら、あまりの音量に驚かされてしまう。

対して三毛猫は僕よりずっと体が小さいのに身じろぎ一つしない。それどころか僕を一瞥《いちべつ》してあくびをした後、どこかへ行ってしまった。

何だか猫にまで馬鹿にされている気がして少し落ち込む。

気を取り直して建物に入った。そこは窓口兼待合所となっており、食堂や売店などもある。外と同じく、かなりの混み具合だ。

本来ならここの窓口で搭乗手続きを行い、チケットを受け取る必要があるが、成瀬さんが全員分まとめてしてくれるので、長蛇の列を無視して奥に進む。すると水族館のような小洒落《こじゃれ》た空間に出た。

ガラスの向こうに、水面を飛び跳ねるイルカの群れ――といっても本物ではなく金属のオブジェである。

ここが待ち合わせ場所の第二待合所だ。

人ごみをかき分けてメンバーの顔を探したが、まだ誰も来ていないようだ。僕たちは竹芝客船ターミナルの勝手に慣れているため、そこまで早くは集まらない。それを知っているのに早く来たのには理由がある。

僕はメンバーの一人、小野寺渚《おのでらなぎさ》さんというドイツ文学専攻の大学院生に片想いをしている。毎年ここに一番乗りしていたのは彼女だったらしい。そこで僕は考えた。今年は彼女より早く着いて、彼女と二人きりで話せる時間を確保しようと。そのためにわざわざラッシュに巻き込まれてきたのだ。

彼女が来たら何の話をしようか。何の話をしようか。何の話をしようか……。

ジャムを煮詰めるように一つのことを考えていると、突然名前を呼ばれた。

「沖《おき》さん」

「うわっ」

驚いて顔を上げると、側《そば》に小野寺さんが立っていた。

小さな目、鼻、口が整然と収まる中、ちょっぴり膨《ふく》れた頰《ほお》がチャームポイントの顔。普通の女がやれば嫌味にしかならない麦わら帽子に純白のワンピースというファッションも、清楚な彼女にはよく似合っている。一度も染めたことがなさそうな肩までの長さの黒髪が、服と鮮やかなコントラストを生み出している。その一方で、折れそうなほど細い二の腕は袖《そで》の続きかと見紛《みまが》うほど白い。

彼女も他のメンバー同様アウトドア派だと聞いているが、その割にはいつ見ても全然日焼けしていない。本人曰《いわ》く日焼け止めも使っているが、それ以上に体質的な理由が大きいらしい。日光を浴びても少し赤くなるだけで、すぐ元通りの白い肌に戻るのだとか。

大草原に咲く一輪の白い花。そんな雰囲気の女性だ。もちろん素面《しらふ》では口が裂けてもそんなこと言えないが。

「ごめんなさい、驚かせてしまって」

「いや、全然、全然」

僕は手をぶんぶん振った。

彼女に気を遣わせてはならない。

そう焦った拍子に、ずっと考えていた言葉がつい口を突いて出てしまった。

「で、何の話をしようか」

しまった、僕はいきなり何を言っているんだ――！

案の定、彼女は目を丸くする。

「は、はい、何の話をしましょう」

ピンチはチャンスというが、逆もまた真。彼女と二人きりで話せるチャンスを作ったつもりが、のっけからピンチに追い込まれている。

僕は必死に考えた。頭の中で歯車が高速回転するイメージ。しかしイメージだけで実際は何も考えていない。

とにかく探そう。何か、会話の種を。

そうだ、さっき見た猫。

「あのさ、小野寺さんはさ、猫派？　それとも犬派？」

「え？」

彼女はますます困惑したようだった。まずい、さすがに唐突すぎたか。この質問をするに至った経緯も説明しなくては。

「いや、さっき広場で猫を見かけてさ……」

言いながら、また不安になってきた。猫を見かけたことと、猫派か犬派かという質問がどう関連するというのだろう。犬はどこから出てきたのか。

彼女は小首を傾げている。質問の意図を摑みかねているに違いない。

謝ろう。そして質問を撤回しよう。

そう思って口を開きかけた時、

「沖さんも――」

彼女がおずおずと言った。

「やっぱり女性は動物好きな方がいいと思いますか」

「え？」

今度は僕が戸惑《とまど》う番だった。

「すみません、突然変なこと言ってしまって。実は動物全般がそこまで好きじゃないんです。でも男の人に猫派か犬派か聞かれることが多くて。だから動物好きじゃないと変なのかなと。あ、別に男の人から魅力的に見られたいってわけじゃないんですけど……」

彼女の声はだんだん小さくなっていく。

ここで何か彼女を励ますようなことを言わなければならない。使命感に駆られた僕は力んで言った。

「大丈夫だよ、僕もどちらかといえば動物苦手だし。無理して好きになる必要ないよ」

「本当ですか、よかった」

彼女は安心したように笑った。

今日初めて笑ってくれた。

僕もつられて口角《こうかく》が緩《ゆる》む。二人で笑い合う。

何だかいい雰囲気だ。今年こそ行けるんじゃないか。四年目にして悲願達成なるか。

しかしその考えは甘かった。

笑いが過ぎ去ると、後には何も残らなかったのだ。

気まずい沈黙が流れ、僕たちは互いに目を逸《そ》らした。

もう、いいだろう。僕たちは勇敢に戦った。休んだって誰も責めないさ。そろそろ携帯を見ても許される頃合いだろう。

心の中で言い訳をしながら、ジーンズのポケットに手を突っ込みかけたところ――。

救世主が現れた。

「よっ、お二人さん」

振り返ると、のっぽの熊のような中年男が片手を上げていた。熊を連想したのは、小野寺さんとは対照的な焦茶色に焼けた肌と、両腕を覆う剛毛のせい。メンバーの一人、浅川史則《あさかわふみのり》さんだ。

おや、と思った。

去年までの彼とは決定的に違う点が一つあったからだ。

小野寺さんが僕より先にそれを指摘した。

「あれ、今年は白衣じゃないんですね」

浅川さんは医者だ。そして去年まではそれをひけらかすかのように半袖の白衣を着ていた。といっても彼は嫌味な人間ではない。僕の定時・有休自慢と同種の露悪的なジョークなのだと思う。

それが今年は普通の服装になっている。黒いポロシャツに、クリーム色の柔らかそうなズボン。

「いや、虫の知らせがあってね。そしたら案の定だ。着てこなくて良かったよ」

「どうしてですか」

「君と被《かぶ》るからさ」

彼は紳士のように手のひらを上に向け、小野寺さんのワンピースを指し示した。

「白いだけじゃないですか！」

僕がタイミングを逃さずツッコミに成功すると、小野寺さんは口に手を当てて笑った。本日二回目の笑顔、いただきました。ほとんど僕のツッコミではなく浅川さんのボケのおかげだが、それでも心が浮き立つ。

僕は今更ながら自分の背中が汗でぐっしょりとなっていることに気付いた。暑さのせいではなく、小野寺さんとのやり取りに神経を使ったことによる冷汗だった。だがメンバーの潤滑油《じゅんかつゆ》的存在である浅川さんが来たからにはもう大丈夫だ。後は彼に任せよう。

レディーファーストの浅川さんは、まず小野寺さんに話を振った。

「今、M1（修士一年生）だっけ」

「はい、そうです」

心なしか僕に対する受け答えよりハキハキしている気がする。質問者がハキハキしているからだろう。

「じゃあそろそろ就活の季節だね。あ、それとも博士課程に進むの」

「実はまだ決め切れてないんです。一応就活の準備はしてるんですけど……」

小野寺さんは恥ずかしそうに口ごもる。

「博士課程に進みたいという思いもある？」

「いえ、そういうわけではなく、自分が将来何をしたいか分からないんです。特にやってみたいと思える仕事も見つかりませんし、かといって目的がないまま院に残っても」

「文系で博士ってあまり聞かないね。いや、いるんだろうけど」

「はい、そこまで行ったら普通の就職はかなり難しくなると思います」

聞きながら僕は、そうか、こういう話題があったかと思った。確かに彼女は修士一年生だから、進路について真剣に考え始める時期だ。でもそれとこれとが結び付かなかった。相手に対する想像力が足りないと反省。

「ドイツ文学専攻でしょ。どんな就職先があるかなあ」

腕を組んで考える浅川さんに対し、小野寺さんは慎ましやかな自嘲《じちょう》の笑みを浮かべる。

「ほとんどありません。周りでは出版社とか新聞記者が人気ありますけど」

「それ、あんまりドイツ関係ないよね」

「そうなんです。結局文系ってほとんどの場合、今まで勉強してきたのとはまったく違う分野で仕事を探すわけじゃないですか。それで何だか分からなくなっちゃって。私、どうしたらいいんでしょう」

うーん、と浅川さんはロマンスグレーの頭を掻《か》いた。

「俺は就活してないからな。そうだ、沖くんはもう最近とは言えないかもしれないが就活組だろう。悩める彼女に何かアドバイスをしてやれよ」

あくまで小野寺さんに関する話題を保ったまま、僕にも活躍の機会を与えるその手腕はさすがだ。感心、感謝。

だが一つ問題がある。

「僕は公務員しか受けてませんからね。参考になりませんよ」

「あ、でも私、公務員も考えてますすよ」

小野寺さんが両手を合わせて言った。僕はその言葉に驚いた。

「え、勉強とかしてるの」

「最近、本を買いました。数的推理が難しいです」

それからしばらく公務員試験に関する話題で盛り上がった。

浅川さんは基本的には聞き手に専念していたが、要所要所で適切な質問を挟んできた。彼は本当に潤滑油だ。会話がスムーズに進む。

小野寺さんが僕の勤務する区に採用され、後輩として僕の職場にやってくる。そんな未来を妄想したところで、浅川さんが言った。

「お、四人目の登場だ」


人の壁をぶち破り、ショートヘアの中年女性が出現した。中条法子《なかじようのりこ》さんだ。彼女を一言で言い表すなら、女巨人である。

しかし縦に長いわけではない。女性としては高いが、僕と同じくらいだからせいぜい百七十センチ前後だろう。

それでは横に太いのかというと、それも違う。ふくよかという表現すら悪口となってしまう程度の体型に過ぎない。

一体何が彼女を大きく見せるのか。彼女の全身から迸《ほとばし》る何か。オーラ？　いや、そんな穏当なものではない。僕はそれを「圧」と呼んでいる。眼前に立ちはだかる一辺二メートルの黒い立方体のごとき圧力を常に発している。

といっても、わざと周りを威圧して快感を得る類《たぐい》の人間ではない。ただそこにいるだけで自然と威圧してしまうだけなのだ。

「お久しぶりぃ」

彼女は待合所全体に響き渡るような大声で挨拶をすると、小野寺さんとお互いの名前を呼びながら抱き合った。ある程度親しい女が二人集まると、必ずこの儀式が始まる。一回り以上の年齢差もその妨《さまた》げにならないらしい。

少々うんざりした気持ちでそれを眺めていると、彼女は抱擁《ほうよう》を解き、今度は僕に襲いかかってきた。

「ケンタロー！」

彼女は僕を下の名前で呼ぶ。それも「健太郎《けんたろう》」ではなく「ケンタロー」という発音だ。内心嫌なのだが、とても口にはできない。

元々大きな眼をさらに見開き、

「あんた、ちょっと、背伸びたんじゃない？」

「え、そうですか？　去年と変わらないと思いますけど」

「オモイマスケド、じゃなーい。何、そのテンションの低さは。ちゃっちゃと南国モードになっちゃってよ」

南国モードか。

言われなくても早くなりたい。

そうすれば小野寺さんとも、それどころか中条さんとも、物怖《ものお》じせずに話せるようになるから。

そう考えている間に、中条さんは浅川さんのところへ行き、怪訝《けげん》そうな顔で言い放つ。

「あなた、何か変」

「変って何だよ」

苦笑する浅川さんに、詰問口調で迫る中条さん。

「白衣を着てない浅川さんなんて浅川さんじゃない。どうして着てこなかったの」

「ぶっちゃけ、あれは暑い」

彼は先程とは違う答えをして、またみんなを笑わせる。

さらに反撃までした。

「君こそ、その服は何」

中条さんは変わったファッションをしていた。側面に深いスリットの入った水色のチャイナドレスのような服の下に、同色の長ズボン。どこかアジアの国の民族衣装だろうか。

彼女は嬉《うれ》しそうな顔で答えた。

「よくぞ聞いてくれましたー。これ、アオザイ。ベトナムの民族衣装。先月、家族でベトナムに行った時に買ったの」

彼女は黒沼夫妻を除けば、僕たちの中で唯一の既婚者だ。ご主人は、自分の妻がネットで知り合った男も含む連中と泊まりがけの旅行に行くことについて、理解はしていないが了解はしているらしい。まず間違いなく尻に敷かれている。

「二ヵ月連続で長期旅行とはバイタリティがあるな。仕事は大丈夫なのか」

「弁護士なんて予定を空けようと思ったらいくらでも空けられるからー。仕事も大切だけどプライベートも大事にしなきゃ」

中条さんは弁護士だ。

浅川さんは医者で、小野寺さんは大学院生。

まだ来ていない成瀬さんはフリーライター。

黒沼夫妻は資産家で悠々自適の無職。

僕だけが勤め人だった。

したがって毎年、旅行の日程は僕が有休を取れるタイミングに合わせて設定される。この時期すぐに船の予約が埋まってしまうので、なるべく早めに有休を取得するようにしている。

中条さんが主役になってベトナム旅行の話が繰り広げられた。

その最中《さなか》、僕は彼女のアオザイを見ながら考えた。

服というのは最初の摑みに使えるんだな。

浅川さんが白衣を着たり、着なかったりすることも同じ効果を生み出している。

僕は今まで服にまったく興味がなかった。僕がその日着ていく服を選ぶ基準は、外気温に対して適切な枚数及び厚さであるかどうかということと、上下で色が被っていないかどうかという二点だけだ。どうしてみんなそんなにこだわるのか理解できなかった。

でもこれからは少し意識してみようと思った。

そのうち搭乗開始のアナウンスが流れ始めた。待合所の客が順次移動を始めるが、僕たちは動けない。まだ成瀬さんとチケットが来ていないからだ。

浅川さんが待合所の時計を見て言った。

「成瀬くん、遅いな。搭乗手続きは四十分までだったはずだが」

今は十時三十五分。あと五分以内にさっきの窓口で搭乗手続きをしなければならない。出航は十一時だ。

「彼、いっつもギリギリだから」

中条さんが少し呆《あき》れ声で言った。小野寺さんは心配そうな顔。

「しかしこんなに遅いのは初めてだぞ。念のためもう一回見てみるか」

浅川さんはリュックのポケットから携帯を出した。成瀬さんに連絡を取ろうというのではない。なぜなら僕たちはお互いの連絡先を知らないからだ。

オフ会はオフ会で楽しむが、そこでの関係を日常生活に持ち込みたくない。そう考えるメンバーが多かったため、第一回のオフ会の前に、連絡先を交換しない協定が結ばれた。小野寺さんと付き合いたい僕にとって、この協定が大きな障害となっているのは言うまでもない。

連絡がある時はブログの隠し掲示板を使う。浅川さんはそれを再確認するつもりなのだろう。

その時、噂《うわさ》をすれば影。成瀬さんが現れた。

男性陣で一番背が低いが、アウトドアライフと筋トレで鍛えられているため、ひ弱な印象はない。アロハシャツから引き締まった二本の腕が突き出ている。トレードマークのカラフルな縁の眼鏡も健在だ。

「いやあ、すみません、お待たせしちゃって」

それに対して、僕らは誰も返事をしなかった。彼が急ぐ様子もなく歩いてきたことに腹を立てたからではない。彼が謎の少女を連れていたからだ。

まず目を引くのは、新鮮な血液のように赤いウェーブロングの髪。年は十七、八といったところで、元々の美貌《びぼう》と厚化粧が相まってド派手な顔面になっている。好みの分かれるところだろうが、僕は苦手だ。

服装も過激である。

上半身は、ほとんどブラジャーのようなへそ出しキャミソールの上に、シースルーのブラウス。そのボタンは胸の下で一つだけ留められ、豊かな乳房を縛り上げる形で強調している。

下半身は、見せパンをはみ出させたデニムのホットミニに、黒いオーバーニーソックス、ピンヒール。

その全身から発せられるフェロモンが僕の煩悩《ぼんのう》の鐘を鳴らす。

やめろ、僕は小野寺さんのような清楚な女性が好きなんだ！

――僕の好みはさておき。

この生々しい少女は何者なのか。

もしかして成瀬さんとはまったく無関係で、たまたま側に立っているだけなのか。

いや、それはない。入り口からここまでずっと彼の後ろを付いてきていた。

ならば一体……。

僕の疑問に答えるかのように成瀬さんが言った。どや顔で。

「紹介しましょう。こちら、マイステディの上木《かみき》らいちちゃん。今回の旅に参加することになりましたのでよろしく」

僕は思わず耳を疑った。

今、何て言った？

この少女が、僕たちの旅に参加する？

数秒の沈黙……の後。

真っ先に衝撃から復帰した中条さんがドスの利《き》いた声を放った。

「参加することになりましたって、私たちそんなこと聞いてないんだけど」

「黒沼夫妻には許可を取りました。この前、たまたま三人でチャットした時にね」

成瀬さんのブログには懐かしのチャットルームがあり、時々ゲリラ的に会話が行われている。

「島の持ち主がいいって言ってるんだからいいでしょ」

成瀬さんはぬけぬけと言った。中条さんは激怒した。

「黒沼さんだけが参加者じゃないでしょう！　私たちにも一声かけるのが筋ってもんだわ」

筋、という言葉が出た。

彼女は自分の中に厳格なルールを持ち、それに違反した人間を激しく糾弾《きゅうだん》する傾向がある。いかにも人権派の弁護士らしい。いや、そういう性格だから人権派の弁護士になったのか。

それを押し付けがましく感じたことも一度や二度ではなかったが、今回の件についてては全面的に彼女に賛成だった。成瀬さんの行動はまったく筋が通らない。親しい者だけの集まりに自分の彼女を連れてくるなど非常識すぎる。

中条さんに指摘された成瀬さんは顔を赤くして、

「元々はあなた方だって僕のブログがきっかけで集まったんじゃないですか。だからブログの管理人である僕が許可すればそれで済むはずです」

と高圧的に聞こえる反論をした。

案の定、中条さんが嚙《か》み付いた。

「ブログの管理人がそんなに偉いの！」

「そういう意味じゃないですよ！　誰だって初めは新参者だってことです。僕が最初にブログでオフ会を提案した時、皆さんは思い思いに参加を表明して、そこに誰々は参加していいとか、誰々はだめとか、そういうのはなかった。インターネットというオープンな空間だから当然ですよね。それなのに今になって排他的になるのはおかしいって言ってるんです」

今度はもっともらしい理屈を持ち出してきたが、最初の発言とは微妙に、いや、かなり趣旨が違うような気がする。本当に言いたいのは最初の発言の方だろう。

彼の言う通り、僕たちは彼のブログをきっかけに知り合った。ネットの中で交流している間は、管理人の彼が名実ともに僕らのリーダーだった。

しかしネットの外で集まるようになると、島の所有者で最年長の重紀さんや、それに続く年齢で人格者の浅川さんに、徐々に主導権が移っていった。成瀬さんも立場的には充分リーダーの資格があったのだが、実際に会ってみたら意外と自己中な性格が発覚し、求心力を失ったのだ。今では「チケットを予約するだけの人」になっている感がある。

彼はそのことに不満を抱いている。自分が三十五歳と若いから、みんなが言うことを聞かないのだと思っている。これは勝手な推測ではない。去年の集まりの時に、酔った彼が僕にこぼしたのだ。

彼が今回彼女を連れてきたのは、そのような状況に風穴を開けたいという思いがあったのではないだろうか。何か目立つことをして、みんなの注目を取り戻す（逆効果だと思うが）。ギリギリに来たのも、劇的に登場するための演出ではないかとさえ勘《かん》繰《ぐ》ってしまう。

まったく、困った人だ。

筋肉だけでなく教養とユーモアもあるので、話していれば楽しいのだが。アウトドア体験を文章にすることで金を稼いでいることを考えれば、文武両道であるのも頷《うなず》ける。僕にとっては貴重な、推理小説の話ができる相手でもある。

さて、成瀬さんの屁理屈は、意外にも中条さんの足止めに成功していた。中条国の法律にも、排他的であることは悪だと定められているようだ。

その一瞬を見逃さず、浅川さんが口を挟んだ。

「まあまあ、新しい仲間が増えることは俺たちにとっても歓迎だよ。こんな美しい女性とあっては尚更《なおさら》ね」

そんなことを言って、らいちが「キモッ」などと言い出さないかどうか心配だったが、幸い彼女は受け流すような笑みを浮かべただけだった。その手の台詞《せりふ》は言われ慣れているのだろう。

それはともかく、今の発言は彼女の参加を承認するものだった。今更帰れと言うわけにもいかないし、仕方ないかなと僕も思う。中条さんはまだ言いたいことがあるのかもしれないが、浅川さんがそう言うならと考えたのか沈黙を守っている。

成瀬さんは流れが傾いてきた今のうちに既成事実を作ってしまおうと思ったらしく、恋人の背中にタッチして言った。

「らいちちゃん、みんなに自己紹介して」

彼女は一歩進み出た。コツッ、とピンヒールの音がした。

「上木らいちと言います。十八歳、高校三年生です。南の島と聞いて居ても立ってもいられず、ナルシーに無理を言って連れてきてもらいました。ご迷惑をおかけしますが、どうかよろしくお願いします」

そう言って頭を下げた。

ナルシーとかいう愛称はさておき、外見に似合わないしっかりとした話し方。そしてそれ以上に、あれだけ自分に対する反発があったことをまるで気にしていないようなあっけらかんとした笑顔に驚かされた。そういえば中条さんと成瀬さんが言い争っている時もずっと取り澄ましていた。意外と大物なのかもしれない。成瀬さんが悪いのではなく、自分が無理を言って付いてきたのだと、さり気なく年上の恋人をフォローしてもいる。

二人はどうやって知り合ったのだろう。今の自己紹介ではそれが分からなかった。

こちらサイドも浅川さんから自己紹介をする。

「浅川史則です。四十五歳、医者、独身。よろしく」

わざわざ独身という情報を付け加えたのはなぜだろう。まさか下心があるのか。

「小野寺渚と言います。二十三歳、大学院生です。あの、仲良くしましょう」

小野寺さんはおずおずと微笑《ほほえ》み、らいちは余裕たっぷりに微笑み返す。清楚な笑顔と、セクシーな笑顔が並ぶ。僕は前者が好きだ。

「沖健太郎です。二十六歳で、区役所で働いています」

僕は簡潔に済ませた。幼稚園の頃からずっとそういうやり方だ。

最後の一人の中条さんにみんなの視線が集まった。彼女は渋々といった様子で、名前と職業だけ言った。別に義務はないが、他の人は全員言った年齢も言わなかった。初対面の相手にもフレンドリーに接する（多分そういうルールがある）彼女にしては、非常に珍しいことだった。まあ、見るからにそりが合わなそうだが。

自己紹介タイムが終わると、浅川さんが言った。

「成瀬くん、搭乗手続きは済んだのか」

「もちろんです。はい、これがチケット」

成瀬さんは全員にチケットを配った。

「急ごう。あまり時間がない」

とはいえ走るほどではなかった。どの道、らいちのピンヒールのせいで走れないのだが。もっとギリギリだったら中条さんがヒステリーを起こしていただろう。想像するだに恐ろしい。

しかし結局、ピンヒールが仇《あだ》となる局面があった。

途中の廊下にマットが置いてあって、船に乗る前に靴底の泥を落とせと書いてある。外来種の微生物が小笠原諸島に持ち込まれて生態系が破壊されないようにするためだ。

ピンヒールの靴底はマットでは擦《こす》りにくい。スルーするのかと思いきや、らいちはウェットティッシュを成瀬さんに渡して靴底を拭《ふ》かせた。意外と真面目なのだ。同時に二人の上下関係も垣間《かいま》見えた。

そんなこんなで乗り場に着くと、白い巨船が岸壁に横付けになっていた。

おがさわら丸。

小笠原諸島に空港はないので、一般人はこの貨客船で二十四時間かけて行くしかない。隣の母島や、道中の伊豆諸島にはまったく目もくれず、黙々と東京―父島間の往復に専念するストイックな奴だ。もちろん我らが再従兄弟島になど停まってくれるはずがない。だから父島に着いた後は、黒沼夫妻のクルーザーで再従兄弟島まで行くことになる。

全長百五十メートル。総トン数一万一千トン。乗客定員八百九十四名。

その威風堂々《いふうどうどう》たる姿を前に、

「すごーい！」

らいちが心の底から感動したという風な声を出した。成瀬さんが満足げに頷く。僕たちはすでに見慣れているので、改めて感想を述べることはない。

赤毛の少女はバッグからデジカメを出し、様々な角度から撮影を始めた。その彼女に携帯のカメラを向ける成瀬さんを残し、僕たちは先にタラップに向かった。

タラップにはまだ長蛇の列の尾が残っていた。僕たちもその後ろに付く。

僕の前にガラの悪そうな二人組の若者がいた。二人ともタンクトップを着ている。白いのと、黒いのと。

彼らはナンパ目的で父島に行くらしく、下品な内容を大声で話している。延々と聞かされているうちにだんだん嫌な気分になってくる。だが時は夏休み、場所は南国リゾートときては、この手の輩《やから》は避けて通れない。我慢するしかない。

ふと小野寺さんはどんな風に感じているのだろうと気になって隣を見ると、目が合った。僕が神妙に頷いてみせると、彼女もしかめ面をする。以心伝心が成立して嬉しくなった。

そうしている間に成瀬さんとらいちが追いつき、みんな一緒に乗船した。

船室に向かおうとした時、予想外の出来事があった。

おがさわら丸の船室には、いくつかのランクがある。今までは全員、特二等という二段ベッドの相部屋を予約していた。だから今年も当然そうだと思っていた。

ところが蓋を開けてみると、浅川さんが別室だった。ブログのメールフォームを通じて成瀬さんに、自分のチケットは二等和室（一番安い雑魚寝の大部屋）にしてくれと頼んでいたそうだ。

「どうしてですか」

医者だから儲《もう》かってるでしょう、という言葉が続きかけたが、慌《あわ》てて呑み込む。しかし成瀬さんが同じ趣旨の発言をして僕の配慮を無駄にした。

浅川さんは明るい声で、

「いやあ、最近不景気でね。少しでも節約したいんだ」

特二等は約四万円、二等和室は約二万五千円。確かに無視できない金額ではあるが……。

対して成瀬さんが張り合うように言った。

「実は僕も今年は特二等じゃないんですよ。らいちちゃんと一緒に特等船室です」

僕は考える。彼はこの発言で僕たちにさらなるインパクトを与えるつもりだったのではないだろうか。しかし浅川さんに先を越されて「自分だけ別室」の衝撃が薄れてしまったことを悔しがっている。邪推だろうか。

いずれにせよ彼は純粋な見栄っ張りなのだ。（彼が思うところの）最高の女と、最高の部屋に泊まり、仲間から羨望《せんぼう》の眼差《まなざ》しを浴びる。そういうことが彼の心に水をやる。上から目線だが微笑ましいではないか。らいちを連れてきたことも、だんだん許せる気分になってきた。

しかし中条さんがその境地に至るにはまだ時間がかかるだろう。

「とにかく入り口に溜まってたら邪魔になるから進みましょう」

と冷たく取り合わない。成瀬さんは面白くなさそうな顔をした。

僕たちは荷物を置くため、一旦それぞれの部屋に向かった。浅川さんは二等和室に、成瀬さんとらいちは特等に、僕と小野寺さんと中条さんは特二等に。

特二等の三人のうち、僕だけがちょうど区切りのところだったのか別室になってしまった。小野寺さんと同じ部屋になれなくて少しがっかりだ。

僕はリュックを下ろし、割り当てられた下段のベッドに放り投げた。それは放物線を描き、ポスッとシーツに着地する。僕はその隣に腰かけた。

今まではみんな同室だったのに、一気に一人になってしまった。

一人であること自体は嫌ではない。孤独は気の置けない友人だ。でも。

今年は何かみんな、部屋だけの意味じゃなくバラバラだな——。

そんな風に感じて寂しくなった。

その時、野太い汽笛の音がして船全体が振動を始めた。

現在十一時。定刻通りの出航だ。

挿話　×××××××××

章題が伏せられたこの章はタイトル当てという形式に慣れるための練習問題だ。（もちろん本筋に関係する）殺人事件が起きるが、そのトリックを如実に言い表すことわざがある。漢字かな混じりで八文字、ひらがなだけで九文字のそれは、この章の最後で明かされる。冒頭でも述べた通り、まずはことわざをヒントに真相を推理し、解決編までに分からなければ、今度は真相をヒントにことわざを推理してほしい。

＊

十一時に出航したおがさわら丸の船内で、犯人Xは物思いに耽《ふけ》っていた。自分の両手を見下ろす。ついさっき一人の人間を殺《あや》めたばかりの手を。計画殺人ではなく衝動的なものだった。

まさか竹芝客船ターミナルであの男、中浦源平《なかうらげんぺい》に遭《あ》った上、あんな話を聞かされるとは……！

どんな完璧な計画にもアクシデントは付き物だと覚悟していたが、まさか出だしから最大級の不運に見舞われるとは思っていなかった。このままでは計画がぶち壊しだ。だから殺さざるを得なかった。

カチカチという音がする。自分の歯が鳴らしているのだと気付くまでしばらく時間がかかった。全身が震えている。ついに人を殺してしまったという恐怖が今になって襲ってきたようだ。

しかしこれしきで怯《おび》えている場合ではない。本当に殺さなければならない人間がまだ残っているからだ。Xは意志の力で全身の震えを止めた。

精神面はそれで解決した。だが実際的な問題は残る。

中浦の死体はすぐ発見されるだろう。そうなった際、警察の捜査の手がおがさわら丸、ひいては再従兄弟島にまで伸びてくるのは困る。

そこでXは乗船前に、一か八か即興のトリックを仕掛けてきた。

確実性が低いトリックなので不発かもしれない。

しかし人生は幸と不幸の帳尻が合うようにできているという。

出だしから中浦に遭うという不幸があったのだから、ダメ元のトリックが成功するという幸せを願っても罰は当たらないだろう。

Xは天に祈った。

そしてその祈りは叶えられた。

＊

同日午後、警視庁捜査一課の藍川《あいかわ》警部補は竹芝客船ターミナルに来ていた。彼は潮の香りが嫌いだった。今までに見てきた水死体を思い出すからだ。もっとも今回は幸いなことに水死体ではなかった。

現場は敷地の外れ。片側は建物の裏手の壁が伸び、もう片側は欄干《らんかん》の向こうに海が広がる、細長い道。関係者以外立ち入らなそうな場所で、白髪の爺《じい》がうつ伏せに倒れていた。首にロープが巻き付いている。絞殺体だ。

財布はズボンのポケットに入っていた。現金もカードも手付かずだ。運転免許証によると、被害者は中浦源平、七十歳、近所に住んでいる。

財布には金ピカの悪趣味な名刺も数枚入っていた。中浦自身の名刺だ。それによると、自宅住所で「質並べ」という質屋を経営しているようだ。

中浦はいかにも釣りに来ましたという服装をしており、現場にも釣り具が残されている。

釣り竿――欄干に立てかけられたまま、なぜか倒れない。

魚バサミ、ナイフ、バケツ――血抜きに使うつもりだったのかもしれないが、今はまだ汚れていない。

クーラーボックス――犯人が蹴飛ばした弾みにでも開いたのか、底に溶け切った氷が溜まっている。側でひっくり返っている蓋《ふた》は、積み重ねたりテーブル代わりにしたりできるよう中央部が凹んだもの。

将棋の定跡書――アタリを待つ間の時間潰《つぶ》し用だろう。

凶器のロープが釣り具の一つだったのかどうかは不明。普通の釣りにロープは使わない気がする。犯人があらかじめ用意していた凶器かもしれない。

総じて特に珍しくはない死体だ――ある一点を除いては。

うつ伏せなので一見分かりづらいが、死体の右手がズボンの股間をしっかり握り締めているのだ。

首を絞められて意識が朦朧とする中、少しでも苦痛を和らげようと性感帯を握ったのだろうか。性的人間である藍川にとって、これは頷ける仮説だった。

まあ性的人間でなくとも、人間、極限状況に陥れば何をするか分からないものだ。だから死に際の心理をあれこれ推測していても埒《らち》が明かない。

藍川は事情聴取を始めることにした。

第一発見者はターミナルの青年職員。上司の中年男性職員とともに不安そうに側で待機している。

「死体を発見したのは十一時半ということでしたね」

「はい」

「こんな裏手に来たのには何か用事があったのですか」

青年は少しためらってから答えた。

「この男性が今日もここに来ていないか確かめるためです」

「えっ、どういうことですかそれは」

「竹芝客船ターミナルは釣り禁止なんですが、この男性は最近ずっとここで釣りをしていたんですよ。気付いた職員が注意してもやめず、警察を呼ぶと言うとその場は引き下がるんですが、次の日になったらまた舞い戻ってきているという始末で。ほとほと困っていました」

青年は釣り竿の側に行き、それが寄りかかっている欄干を指差した。

「ほら、見てください。手すりが窪《くぼ》まされているでしょう」

「ああ、確かに」

自立する釣り竿の秘密は欄干にあった。手すりの一部が窪み、そこに釣り竿が嵌《は》まり込んでいるのだ。いちいち持たなくてもいいようにするための悪知恵だろう。

「この男性は最初から窪んでいたとか言っていましたが、絶対自分でやったに決まっている。本当に悪質だったんですよ」

話しているうちに怒りがぶり返してきたのか、最後の方は吐き捨てるような口調だった。

「なるほど、それで今日も口論になっているうちにカッとなって殺してしまったと」

藍川はそう言ってから、じっと青年の表情を観察した。それは見る見るうちに怒りと恐怖で歪んだ。

「僕を疑ってるんですか！　僕はやってない！　僕が来た時には本当に死んでたんだ！」

この青年が犯人である確率は十五パーセントくらいだろう、と藍川は結論付けた。十五パーセントという数字は適当だ。

横から中年職員が庇うように言った。

「私も彼と一緒に注意をしたことがあります。彼個人としてではなく、ターミナル全体として対応をしていました」

「そうですか」

空気を戻すために、藍川は話題を変えた。

「実際問題、こんな場所で釣れるもんですかねえ」

　青年は毒気を抜かれたような顔で言った。

「釣れることは釣れると思いますよ。湾を挟んで向かい側の晴海《はるみ》ふ頭公園に釣りエリアがあるくらいですから」

「そんな施設があるのに、何で被害者はわざわざこんな場所で」

「こっちの方が空いてるとか言ってましたね」

「ふうん、確かに迷惑な男だったようですね」

　藍川が共感を示してやると、青年は満足したようだった。

　ところでここは船着き場であるからして、当然船についても調べなければならない。午後の便は停止してもらっているが、午前は平常通り運行していた。その乗客か船員の中に犯人がいる可能性もある。

　検視官によると、死亡推定時刻は午前九時から十二時まで。時間的に関係する船は、十一時に出航したおがさわら丸だけだった。おがさわら丸は現在洋上にあるという。

「これには何人くらい乗っているんですか。五十人くらいですか」

「いや、八百人以上です」

「八百人！」

藍川は憤った。こっちが汗水流して死体の相手をしている時に、南の島に遊びに行く奴が八百人以上もいるなんて――！

それはさておき、その中に犯人がいたらかなり面倒なことになる。小笠原諸島は東京都なので警視庁の管轄である。だから藍川が誰かに仕事を押し付けることはできない。

しかしいざ行くとなれば、やはり警視庁のヘリコプターを使うことになると思うが、あまり多くの人数は乗れないだろう。そして地元警察も少人数の上、殺人事件の捜査などしたことがない奴がほとんどだろう。その限られた人員で、八百人以上のバカンスを楽しんでいる連中を捜査する――想像しただけでぞっとする。

何としてでも、この船を捜査対象から除外しなければならない。藍川が強い使命感に燃えていると、

「あのー」

若い制服警官がおずおずと声を上げた。死体を発見したターミナルの青年職員は上司に報告した後、すぐ側の竹芝交番に駆け込んだ。その時、現場に急行したのがこの警官だ。

「何？」

「本官の考えでは、おがさわら丸は関係ないかと思います」

藍川は彼の言葉に飛び付いた。

「なぜ！」

警官はたじろいだように答えた。

「は、はい、犯人が現場を立ち去ったのは十一時よりずっと後だと思うからです」

「どうしてそう思うんだ」

「本官が現場に到着したのは十一時四十分でした。その時、クーラーボックスの蓋はすでに開いていました。これは十一時半にそちらの職員が発見した時から開いていたそうです」

ターミナルの青年職員も頷く。警官は続ける。

「本官がクーラーボックスの中を見ると、大きな直方体の氷が一つ入っていました。この氷が重要でして、その時点ではある程度原形を留めていたんですが、その後二十分もしないうちに溶けきってしまったんです」

「つまりこういうことか。犯人が十一時の便に乗ったとしたら、クーラーボックスは開いたまま四十分以上も炎天下に放置されたことになる。だったら君が到着した時点で、氷がもっと溶けていないとおかしいと」

「はい、ですから犯行は死体発見の直前に行われたはずです。氷の写真も撮ってあります」

警官はポケットからデジカメを出した。それには氷が溶けていく様子を段階的に記録した複数の写真が収められていた。撮影日時を見ると、溶けるスピードは相当速い。警官が現場に到着した時点で四十分以上も放置されていたとはとても思えない。

よし、これで憎きおがさわら丸を捜査対象から除外できる！

「いやー、いい仕事をしてくれたね」

藍川が心から警官をねぎらっていると、鑑識が声をかけてきた。

「藍川さん、問題のクーラーボックスからこんなものが発見されました」

鑑識がつまんでいるビニル袋には一本の赤毛が入っていた。

「赤毛……。犯人の毛かもしれんな。分析に回してくれ」

犯人が海に逃げた可能性は消えた。後は陸上だけを調べればよい。忌々《いまいま》しい潮の香りから解放された藍川は、まず戸籍と住民票を職権で取得した。

それによると、中浦には妻と一人娘がいたが、妻は去年鬼籍に入り、娘は結婚して別居しているので、現在は一人暮らしだったことになる。

娘夫妻に話を聞くのは後にして、先に中浦の住所に向かった。

そこには金ピカの名刺にも書かれていた通り「質並べ」という看板が掲げられていた。

閉まったシャッターに張り紙がされている。拙いが勢いのある筆字でこう書かれていた。

——休みたい日が定休日——

それを見て藍川は呟《つぶや》いた。

「いいよなあ、人間こういう風に生きなきゃなあ」

「中浦は死にましたよ」

同行した部下がツッコんでくる。

「俺たちだって働き続けなきゃいけない限り死んでいるようなもんさ……」

これには部下は返事をしなかった。元より藍川も返事を期待したわけではない。

死体のポケットに入っていた鍵を使って、裏手のドアを開けた。

自宅の一階の半分が質屋になっていた。様々な質草が並んでいるが、物欲の薄い藍川にはどれもガラクタにしか見えない。

自宅部分の本棚には釣りの本と将棋の本がずらりと並んでいた。質屋は適当にやりながら趣味に没頭するという老後の生活が目に浮かぶ。釣りのマナーは悪かったようだが。

事件に関係しそうなものは何も発見できなかった。

しかし向かいの八百屋に対する聞き込みの中で、大きな発見があった。

中浦が殺されたと告げた時、八百屋の旦那が声を潜めてこう言ったのだ。

「やっぱりヤクザの仕業《しわざ》ですか」

「ヤクザですって。何か知ってるんですか」

「いえね。三ヵ月くらい前のことでしたか。いかにもその筋の二人組が質屋に入っていって、何やら中浦さんに凄んでたんですよ。だからそっちの人たちとトラブってたのかなって思って」

藍川と部下は顔を見合わせた。

「藍川さん、これは……」

「ああ――マル暴の出番だ！」

マル暴とは暴力団を担当する部署の通称である。そちらに仕事を丸投げできると思った藍川は意気揚々と捜査本部に電話した。

＊

犯人Xはおがさわら丸に揺られながら、竹芝客船ターミナルでの出来事を思い返していた。

建物の中を歩いていると、トイレから出てきた中浦と鉢合わせした。中浦は親しげに話しかけてきた。適当に相手をしてさっさと切り上げるつもりだったが、中浦が聞き捨てならないことを言った。思わず聞き返したが、中浦は「歩きながら話そう」とか呑気《のんき》なことを言って歩き始めた。付いていかざるを得なかった。

中浦は関係者以外立ち入らなそうな裏手に入っていく。不安になってどこに向かっているのかと尋ねると、「この先で釣りをやってんだ」と言う。こんなところで釣りをしていいのかという質問に対しては、「いつも怒られてるよ」と狡《こす》く笑った。

道中、問題の話をした。釣りの場所に到着する頃には殺害を決意していた。

バケツの側に置かれたナイフを見て、Xはドキッとした。このナイフを使うべきだろうか。いや、返り血を浴びるのはまずい。本来の標的を殺すために持ってきたロープを使おう。凶器は複数持ってきているので一つくらい使っても構わない。

Xがナイフを凝視《ぎょうし》している理由を勘違いした中浦が言った。

「自分で血抜きもしてるんだ。まあ今日はまだ一匹も釣れてないんだけど。どれ、トイレに行ってた間にかかってないかな」

中浦は欄干に固定した竿の様子を見に行った。その隙にXは荷物から手袋とロープを出し、手袋を嵌め、ロープを中浦の首に巻き付けた。中浦が不思議そうな顔で振り返る。Xは力の限り両手を引いた。

数分で済んだ。

Xは肩で息をしながら事後処理を考えた。

警察の捜査の手がおがさわら丸と再従兄弟島に伸びてくること——それだけは防がなければならない。

目の前の海に死体を捨てるか？　だがどうせすぐ浮いてきて発見されるだろう。捜査の開始を少し遅らせるだけでは意味がない。

ならばどうする？

Xの持ち時間は少ない。

どうする。どうする。どうする……。

焦燥感に駆られるX。

その背後で、

「ミャーオ」

という声がした。

慌てて振り返ると、三毛猫だった。三毛猫は黒、白、赤の三色の毛を持つから三毛猫という。

拍子抜けしたXは死体に向き直ろうとして——再び猫を見た。

そうだ、こいつを使えばもしかして！

不思議そうな顔でXを見上げる猫を尻目に、クーラーボックスを開ける。大きな直方体の氷が「二つ」入っていた。中浦が言っていた通り魚は入っていないが、長年使い込んでいるのか魚の匂いが漂ってくる。よし、これならば。

Xの計画はこうだ。

このクーラーボックスに猫を入れて蓋を閉めるがロックはしない。代わりに氷の片方を蓋の上に載せて重しとする。氷が溶けきった後も、その水が蓋の中央部の凹みに溜まり、依然重しとして機能し続ける。それが充分蒸発した後、ようやく猫は蓋を撥《は》ねのけて出られるようになる。その直後に死体が発見されれば、ボックス内に残した方の氷が溶けていないことから、死亡推定時刻がずれ、おがさわら丸が捜査範囲から外れる。すぐ側に竹芝交番があるので、第一発見から間を置かず警官が氷の状態を確認してくれるだろう。中浦は一人暮らしのため、最初は氷が二つ入っていたことを知る者はいない。

確実性が低いトリックではある。失敗条件はざっと思い付いただけでも……。

大失敗：重しがまだ猫を閉じ込めているうちに、死体が発見されてしまう。
中失敗：猫が脱出してからも一向に死体が発見されず、ボックス内の氷が溶けきってしまう。
小失敗：ボックス内の溶けていない氷を目撃させることには成功するが、猫の痕跡が残ってしまう。

だがよく考えてみると、失敗したからどうだというのだ。

大失敗：アリバイトリックには気付かれるかもしれないが、それがおがさわら丸に直結するわけではない。アリバイが欲しい人間は本土にもいるかもしれないからだ。
中失敗：アリバイトリックとしては完全に不発だが、別にデメリットはない。
小失敗：例えば猫の毛が一本ボックス内に残っていたからといって、普通は野良猫が勝手に入り込んだだけだと思うだろう。

つまり成功率は低いが、失敗しても問題ないトリックなのだ。死体を海に捨てても、どうせ後で発見される。その時死体は死亡推定時刻が分からない状態になっているだろうが、それならすべてを洗うしかないということで結局おがさわら丸も捜査される。一方この猫のトリックに成功すれば、おがさわら丸は捜査されない。

零パーセントと三十パーセントなら後者に賭けるのは当然だ。

決意したXは氷を一つ摑み取った。ずっしりと手応えがあり、重しとしての役目をしっかり果たしそうだ。

次にクーラーボックスを猫の方に向けた。染み付いた魚の匂いにつられて箱に入ったところで、蓋を閉めて捕獲。間髪《かんはつ》を入れず氷を蓋に載せた。

しばらく中から暴れる音が聞こえていたが、蓋はびくとも揺るがない。重しが突破される恐れはなさそうだ。

Xは「密室」内の猫に命運を託すと、足早に現場を立ち去った。


そして今、Xはおがさわら丸に揺られている。トリックが無事成功することを祈りながら。

あの猫は上手くやってくれただろうか。

三毛猫に関する蘊蓄《うんちく》。三毛猫はほとんど雌で、雄は三万匹に一匹ほどしかいない。その雄の三毛猫を船に乗せると遭難しないという迷信がある。

あの三毛猫が雄だったかどうかまでは確認していない。しかしもし雄だとしたら、どうかXが運命という名の海に遭難しないよう導いてほしい。

追い詰められたXにとって、あの猫は本当に救世主に見えたのだ。

こういう心理を何と言うのだったか。

溺れる者は藁《わら》をも掴む？

いや、もっと適切なことわざがある。

そう、「猫の手も借りたい」だ。

＊

というわけで、この章のタイトルは「猫の手も借りたい」である。トリックが明かされるまでに当てることができただろうか。トリックが明かされた後はさすがに当てることができたはず……。

この要領で本番のタイトル当てにも取り組んでいただきたい。ただしそちらはもっと高度である。

それでは引き続き本編を楽しんでほしい。中浦殺しで未判明の点もそこで語られる。

第二章　呉越同舟《ごえつどうしゅう》

出航後、僕たちは湾岸風景を楽しむため上甲板に集まった。

上甲板には突き抜けるような青空を遮《さえぎ》るものは何もない。密閉感の強い船内から一気に上がってくると爽快感が半端《はんぱ》じゃない。小野寺さんは麦わら帽子が飛ばされないように手で押さえた。

成瀬さんとらいちは僕たちから少し離れた欄干のところで景色を見ている。成瀬さんはあちこちを指差しながら得意の蘊蓄を披露する。やれ『レインボーブリッジを封鎖せよ』はレインボーブリッジで撮影した映画ではないだの、やれフジテレビの球体展望室の愛称は「はちたま」だの……。どれも一年目に聞かされた蘊蓄ばかりだ。

その点、初参加のらいちにとってはすべてが驚きであるらしく、キャピキャピはしゃぎながら、あらゆるものをデジカメに収めている。

その姿を見て小野寺さんが羨《うらや》ましそうに呟いた。

「私も恋人と来たかったなあ」

「――」

真夏だというのに僕は凍死しかけた。

恋人、だって？

僕は恐る恐る隣を見たが、彼女は平然とした横顔。

かちこちに凍り付いた舌をやっとの思いで解凍し、自分の命運を決する問いかけを発する。

「小野寺さんって恋人いるの」

「え、あ、いや、違」

彼女は顔を真っ赤にして、あたふたと否定する。

「一緒に来るような恋人がいればいいなあって意味で言ったんです。ごめんなさい、誤解を招くようなことを言ってしまって」

良かった。

本当に良かった。

安堵のあまり全身の力が抜け、もう少しでその場に崩れ落ちるところだった。

一方、中条さんは小野寺さんと対照的な白い目をらいちに向けていた。

「何考えてるのかね。どう見ても南の島に行く格好じゃないでしょう。特にあの靴」

「まあ、向こうに着いたら脱ぐんだろう」

浅川さんが取り成すように言った。

「しかしそれにしても年齢差カップルだよなー。高三だっけ？　よし、成瀬くんがどこで彼女と知り合ったか賭けようぜ」

「キャバクラとか？」

中条さんが興味なさそうに言う。浅川さんは反論する。

「いや、何となくだが、キャバ嬢はあんな色には染めないいんじゃないかな。ナンパか出会い系だろう」

「成瀬さんの本のファンなんじゃないでしょうか」

小野寺さんが推理を口にする。浅川さんは笑う。

「そりゃいい。ようやくあいつにも女性ファンが付いたってわけだ」

フリーライター成瀬瞬（本名＝筆名）はまったく無名というわけではないが、売れっ子には程遠い知名度だ。成瀬瞬名義のブログの常連が僕たちだけであるという事実が、そのことを裏付けている。また内容が内容だからか、一度も女性読者からファンレターをもらったことがないと嘆いていた。

「沖くんはどう思う」

風俗、という単語が頭に浮かんだが自重する。

「バイト先のコンビニの店員とかじゃないですかね」

フリーライターだけではとても食べていけないから、コンビニでバイトをしていると言っていた。

そんな下世話な話をしていると、成瀬さんとらいちが振り向き、こちらに歩いてきた。まずい、聞こえたか？と焦ったが、そうではなかった。成瀬さんは自信に満ちた表情でこう言った。

「そろそろめぼしい景色も見えなくなってきた頃合ですが、どうです、ここらで僕たちの特等船室でも見に来ませんか」

やはり自慢したくてたまらないようだ。

「ああ、いいね。ぜひ見せてもらおう」浅川さんは愛想《あいそ》よく応じたが、

「私、酔ったみたいだからパス」中条さんは無愛想に言うと、どこかに歩いていってしまった。

中条さんが船酔いとは鬼の霍乱《かくらん》──と言いたいところだが、生憎彼女が船に酔っているところを見たことがない。十中八九、断るための口実だろう。らいちを連れてきたことにまだ立腹しているらしい。

それが成瀬さんにも伝わったらしく一瞬憮然としていたが、すぐに取り繕《つくろ》って残りの僕たちを部屋に案内した。

「それではみなさん、お入りください」

成瀬さんがドアボーイのようにドアを開け、僕たちは室内に入った。

初めて入る特等船室。

大きな窓から清新な外光が差し込んでいる。

「わー、広いですねー」

小野寺さんの言う通り、特二等とは床面積が段違いである。ダブルベッドの他、バスもトイレも冷蔵庫も備え付けられている。まるでホテルの一室だ。一人約七万五千円するだけのことはある。

「どうだ、すごいだろう」

「ええ、本当にすごいです」

小野寺さんは素直な口調で答えた。彼女の言動はお世辞とか、そういった裏を感じさせない。

「ねー、みなさん。せっかくだから遊んでいきませんか」

僕たちはハッとして、らいちの方を見た。自己紹介以来、初めてとなる彼女からのコンタクトだった。

一瞬の間の後、浅川さんが代表して聞いた。

「遊びってどんな遊び？」

「へへへ、UNO持ってきたんです」

彼女は、はにかむと、自分のバッグから高校生らしいアイテムを出した。

UNOか。そういえば久しくしていないな。

今までのメンバーにはこの手のゲームを持ってくる人がいなかったから少し新鮮だった。

「うん、やろうやろう」

小野寺さんが笑顔で言うと、らいちは子供らしく顔を輝かせた。

何だ、取っ付きにくい子かと思っていたけど、全然そんなことはなさそうだな。

テーブルと椅子をベッドの側に持ってきて円陣を組んだ。

数分後、僕は十二枚のカードを引かされていた。UNOを言い忘れたのではなく、ドロー系カードの応酬のみでこうなった。僕は本当に勝負事が弱いのだ。

ビリの義務としてカードを切っていると、浅川さんが目を揉みながら言い出した。

「俺も歳だな。一文字しか書かれてないカードで酔った。悪いが俺は抜けさせてもらうよ。成瀬くん、部屋を見学させてくれてありがとう。上木さん、久しぶりのUNO楽しかった。じゃ後はよろしく」

彼はみんなの視線を背中に受けながら、ぶらぶらと部屋を出ていった。

「大丈夫でしょうか」

小野寺さんが心配そうに呟いたが、僕の考えでは酔ったというのは嘘だ。意地を張って独りになった中条さんの元に行ってやるつもりだろう。だがいきなりそれをすると成瀬さんに悪いから少しだけ付き合ったのだ。

僕は彼がこれから取る行動を推測する。


まず中条さんの寝室に向かうが、ベッドはもぬけの殻。

ならばと甲板に出ると、アオザイ姿の中条さんが欄干に寄りかかり、物憂《ものう》げな顔で湾岸風景を眺めている。彼女の耳にはイヤホンが入っている。だが実際には音楽など聴いちゃいないのだ。

浅川さんはわざと足音を立てて近付き、彼女の望み通り声をかける。

「『四分三十三秒』でも聴いてるのかい」

くぅー、キザだ！　だがあの人ならこんなキザも不思議と許せる。

その後、中条さんが一方的に愚痴《ぐち》り始めるだろう。

「何、あの二人は！」

「あんなに自分たちの世界にどっぷりなら、最初から二人だけで行けばよかったじゃない！」

浅川さんは何も言わずに笑顔でそれを受け止める。

もちろんこれらは僕の勝手な想像に過ぎないが大体合っているはずだ。彼らはそういう人間である。

さて、特等船室の方は浅川さんがいなくなったことで会話量がガタ落ちしていた。

僕は沈黙を嫌い、集合時から疑問に思っていたことを尋ねてみた。

「お二人はどこで知り合ったんですか」

「あ、それ、私も気になっていました」

小野寺さんもカードを出しながら言った。

成瀬さんとらいちは顔を見合わせると、クスクス笑った。

成瀬さんは拗《す》ねるように、

「そんなこと聞くってことは、君たち僕のブログを読んでくれてないんだなあ」

「え？　いや、読んでますよ」

僕は慌てて答えた。嘘ではない。

「でも上木さんのことなんか書いてましたっけ」

「三ヵ月前、森の中で赤毛の妖精に出会ったっていう記事、覚えてない？」

言われてみて初めてその記事を思い出した。

あれがらいちだったのか！

ということは。

「上木さんもアウトドア派なんですか」

その割には小野寺さんほどではないにせよ白い。

「ナルシーほどすごくはないけど、たまにピクニックに行きます」

「それで意気投合して今に至るってわけ」

馴れ初めの話をしたせいか、二人の間に再び二人きりの雰囲気が漂い始めた。成瀬さんが同じベッドに座っている「赤毛の妖精」の肩を抱く。筋肉質な肉体と豊満な肉体がダブルベッドの上で絡み合う光景を幻視して、げんなりした。

それでも立ち去るタイミングを摑めないでいるうちに、らいちのお腹がぐうと鳴った。

「お腹空いたぁ」

「あれ、もうこんな時間か。よし、昼飯にしよう」

僕たちは一階のレストランに行った。

ちょうど昼時なので、すごい混雑だった。浅川さんと中条さんが並んで座っているのを見つけたが、側の席はみんな埋まってしまっている。

自販機や売店で売っているカップ麵《めん》で済ませようかと話し合っていると、ちょうど四つ席が空いた。小野寺さんとらいちに場所取りをお願いし、男二人でカウンターに注文しにいった。

僕は島塩ラーメンといういかにもな名前のものを注文し、小野寺さんのパスタと一緒にトレイに載せて席まで運んだ。

部屋での空気を引きずるように、成瀬さんとらいちだけがペチャクチャとしゃべり、僕と小野寺さんは黙りがちだった。仕方がないので食べることに専念する。

最後の小野寺さんが食べ終わると、僕は自分と彼女の食器をトレイに載せて食器返却口に向かった。

その途中、船が大きく揺れた。

僕はトレイを持ったまま、たたらを踏んだ。

前方には人が一人。

トレイの上にはスープがたっぷり残ったラーメンの器。

ヤバいと思った瞬間、トレイが下からの衝撃を受け、手前側にひっくり返った。

生温かいスープがTシャツの裾《すそ》とジーンズをぐっしょり濡らし、器やコップがごろごろと床を転がった。

目の前に、白いタンクトップを着た若者が立っていた。乗船口で僕の前にいた二人組の片割れだ。ものすごい眼差しで僕を睨《にら》み付けている。

こいつがトレイを弾いたのだ。そう気付いた瞬間、脳が竦《すく》んだ。

……それから徐々にいろいろな考えが浮かんでくる。

そりゃ確かに僕が悪い。もう少しで彼にスープをかけてしまうところだった。白いタンクトップだから染みも目立つ。だが向こうも向こうだ。避けるという選択肢はなかったのか。いきなりトレイを弾くなんて。咄嗟《とっさ》に手を上げたら当たってしまったという感じではなく、明確な意志を持って行動したように見えた。普通、見ず知らずの人間にそんな暴力的なことできない。それをしておいて謝罪一つないどころか、僕が一方的に悪いかのように睨み付けてくるのだ。ちょっとおかしくないか。最近の若者はどうこうという話ではない。異常だ。

だがまだ南国モードになっていない僕は、それらのうちの一言も言えないまま、ただただ固まっていた。

「おい、行くぞ」

男の声がした。タンクトッパー白が入り口の方を見た。僕もそちらを見ると、相方のタンクトッパー黒が立っていた。

タンクトッパー白は僕に舌打ちを浴びせると、連れと一緒にレストランを出ていった。

「大丈夫!?」

聞き慣れた声で我に返ると、中条さんが猪のように突っ込んできた。後から浅川さんもやってくる。

「え、ええ、何とか」

「あいつらー」

レストランから飛び出していこうとする彼女を、僕は慌てて止めた。

「気持ちはありがたいですけど、やめましょう」

「何よケンタロー。あんた、やられっぱなしでいいわけ」

「いいわけないですよ。正直ムカついてます。でもここで喧嘩《けんか》になったら、もっと嫌な感じになるじゃないですか。せっかくの旅行が台無しです。だから我慢しましょう。いや、この言い方は違うな。中条さんは僕のために怒ってくれているんだから。我慢──します。そう、僕は我慢します。だからみなさんも怒らないでください。お願いします」

抑圧されていた感情が言葉となり、涙のように次から次へと溢《あふ》れ出してきた。

「ケンタロー」

中条さんは僕の顔をしげしげと眺めていたかと思うと、いきなり抱き締めてきた。

「あんた、成長したわねー！」

「わ、ちょ、やめてください」

僕は慌てて彼女を引き剝《は》がそうとしつつも、内心温かい気持ちになっていた。心から負の感情が抜け、代わりに自分のために怒ってくれる仲間がいることの喜びが入ってきた。

小野寺さんが厨房《ちゅうぼう》から布巾を何枚か借りてきてくれた。それで拭いてくれようとするが、被害を受けた場所が股間付近に集中しているため、慌てて断って自分で拭いた。

その間、小野寺さん、浅川さん、中条さんは床を拭いたり、散らばった食器を片付けたりしてくれた。

成瀬さんとらいちは、他の乗客からバケツリレーのようにトレイを受け取り効率よく返却することで、交通渋滞を解消していた。直接僕を手伝うわけではないトリッキーなアイデアだったが、しっかり僕の心理的負担を軽減してくれた。

すべてが終わると、僕はみんなに心の底から礼を言った。

レストランを出て各自の部屋に戻った。

服を乾かしたい。甲板に出て、持ってきた小説でも読みながら風に当たろう。

僕はリュックから早坂吝の『島』という文庫を出した。まったく聞いたことがないが、帯に「孤島ミステリの最終形！」と謳《うた》ってあったので旅行直前に買った。孤島で孤島ミステリを読む。こういう符丁合わせが大好きなのだ、僕は。毎年未読の一冊を持参して、旅が終わるまでに読了するようにしている。

カバーを見ると、『島』という大きな一文字の下にDie Inselというアルファベットが添えられている。島を意味する単語なのだろうが何語だろうか。とりあえず英語ではなさそうだが、大学で第二外国語が中国語だった僕には、それ以上のことは見当もつかない。フランス語か、ドイツ語か……。

ん、ドイツ語？

そうだ、ドイツ文学専攻の小野寺さんに後で聞いてみよう。

別に知りたいわけではないが、話題のストックが増えてよかった。それだけで買った価値がある。僕は作者に感謝した。

『島』を持って甲板に出た。

景色は出航直後とは一変していた。陸地は後退し、遠くの方にうっすらと見えるだけの状態になっている。

もっとも、陸地は依然そこに存在していると言い換えることもできる。まだ東京湾内なのだ。

テーブルに着いて本を開いた。時々うとうとしながら読み進めていると、

「あ、本当に見えるー」

「な、僕の言った通りだろ」

聞き覚えのある声が近付いてきた。ページから顔を上げると、例のカップルが歩いてくるところだった。

らいちは僕に気付くと、結構親しげに手を振ってきた。どうやら友達になれたようだ。UNOのおかげだろう。

僕は意識して唇の端《はし》を吊り上げて手を振り返した。成瀬さんは無表情を装おうとしているが嫉妬《しっと》を隠せていない。心配しなくても僕たちは手を振り合うだけの関係でしかないのに。

当然らいちはそれ以上僕にかまったりせずに、少し離れた欄干のところで成瀬さんと景色を見始めた。

彼らの目線の先には島があった。近そうで遠そうな距離に、ぼんやりとした輪郭が見えている。だがさすがに父島に到着したわけではない。時間的に伊豆諸島のどれかだろう。

「あれは三宅島《みやけじま》？　それとも御蔵島《みくらじま》？」

「そうだな。僕の見立てではあれは――両方だ」

「わっ、よく見たら二つある！　すごい、すごーい！」

彼女はピョンピョンと飛び跳ね、床をカンカンと鳴らした。ピンヒールなのに器用な真似をする。

二島が後方に消え去ると、一面の海だけが残った。それでも二人は船内に戻らず、何もない海を前にイチャイチャと話し始めた。付き合い始めのカップルは肴《さかな》がなくても酒を飲めるものらしい。

すぐに立ち去るのも露骨かなと思い（それに癪《しゃく》だし）、僕はテーブルに居座ったまま再び本を開いた。

しばらく読んでいると、突然声をかけられた。

「何を読んでいるんですか」

慌てて顔を上げると、目の前に小野寺さんが立っていた。

脳内の歯車が高速回転する。形だけ。

えーと、何を聞かれているんだっけ。ナニヲヨンデイルンデスカ。そうか、僕が今手にしているこの本のタイトルと著者名だな。それを迅速に伝えるには……こうだ。

僕は本を傾けてカバーを彼女に見せた。

そうしてからすぐに、これでは無愛想すぎると気付いて言葉を付け足そうとした。

しかしそれより早く彼女が言った。

「ディー・インセル……島、ですか」

その言い方からして Die Insel はドイツ語だったようだ。

「どんなお話ですか」

僕はあらすじを話した。

「推理小説ですか。本当にお好きなんですね」

小野寺さんはそう言うと、僕の隣の椅子に座った。

僕の緊張は一気に最高潮に達した。

ここからどういう話題に持っていけばいい？

本の話にはトラウマがある。一年目、彼女がドイツ文学専攻だと知り、お薦めを聞いた。あわよくば、お返しに名作ミステリを紹介することで、彼女を自分色に染められるのではないかという魂胆もあった。だが「一口にドイツ文学と言ってもいろいろありますから……」とお茶を濁されただけだった。そのいろいろある中から一冊教えてくれればいいだけの話なのに。お前と趣味を共有するつもりはないと暗に言われたようでショックだった。

他に何か話題はないか。

僕は辺りを見回した。

最初に目に入ってきたのは赤毛だった。

らいちと成瀬さん。周りが迷惑するくらいのラブラブカップル。しかも僕と小野寺さん以上に年齢差がある。モデルケースとしては最高だ。

あの二人を出汁《だし》にして恋バナをする。恋バナなくして恋は実らないと、何かの本に書いてあった。ちょうど、おがさわら丸に乗らなければ小笠原諸島に行けないのと同じように。それなのに僕らはまだ恋バナ一つしたことがなかった。これは由々しき事態だ。

幸い二人は欄干のところで話し込んでいるので、ちょっとくらい引き合いに出しても気付かれる恐れはない。

頭の中で話の持っていき方をシミュレートする。

深呼吸。

二人の方をチラッと見てから、話し始めた。

「いやー、それにしてもあの二人、ラブラブだねー」

「え？　ええ、本当に」

「年齢差ってのは案外障害にならないもんだねー」

「はい……」

ここでズバリ切り込む。

「さっき彼氏いないって言ってたけど、好きな人はいるの」

本当は彼女の目を見据えたいところだったが、そこまでの勇気はないので、その隣の虚空を睨みながら言った。

小野寺さんは目を伏せてしばらく考えていた。

何を考えているのだろうか。

好きな人がいるかどうか？

それとも、そのことを僕に答えるべきかどうか？

風が強い。

どれくらい時間が経っただろうか。

ついに彼女が口を開いた。

「います」

俯いたまま小さい声だったが、そこには確かに芯の強さが感じられた。

いる、のか――。

足の先から床に溶けていきそうな錯覚に陥るが、ぐっと踏みとどまる。ここでへこたれてはいけない。相手が他の人を好きでも、相談に乗っているうちに、自分の方に心が傾いてくるということがよくあるらしいのだ。

それに、もしかしたら、もしかしたらだが、その好きな人というのは僕のことかもしれない。そうでないと、ここまで勿体《もったい》ぶる意味が分からない。そうだ、きっとそうなのだ。そうに決まっている。そうだと信じたい……。

心臓が早鐘《はやがね》を打つ。

僕はあまり大げさに驚かず、好きな人くらいいて当然だという風な口調を心がけながら聞いた。

「へえ、どんな人」

しかし声がわずかに震えた。気付かれなかっただろうか。

彼女は依然、下を向いたまま答えた。白いうなじが赤くなっていた。

「すごく、まっすぐな人です。自分のやりたいことがちゃんとあって、それをしている最中はすごく生き生きしていて、周りも、私も元気をもらえるような、そんな人です」

聞きながら、僕は暗くて冷たい絶望の海にゆっくりと沈んでいった。

違った。僕のことではなかった。特に夢も生きがいも持たない区役所職員に「自分のやりたいこと」などという言葉はそぐわない。

考えてみれば当然だ。もし彼女も僕のことを想ってくれているのなら、とっくに付き合っていなければおかしい。それなのに何を思い上がっていたのか。

そして同時に未来の希望も絶たれた。「生き生き」「元気」というキーワードは僕とは正反対の性質だ。これでは恋愛相談に乗っているうちに僕の方を向いてくれるなどということが起こるはずがない。

僕の夏は終わった。

その後のことはあまり覚えていない。小野寺さんが立ち去り、成瀬さんとらいちが立ち去り、空が赤く染まり、八丈島《はちじょうじま》が見えた。

ふと我に返った。

一体何時間ここに座っていたのか。

突然、空腹を覚えた。僕は本を引っ摑んで立ち上がった。食堂で小野寺さんと顔を合わせたくなかったので、自動販売機でカップ焼きそばを買った。味はまったく分からなかった。

今日は早くシャワーを浴びて寝てしまおう。

自室に戻ってシャワールームに行く準備をしていると、何と小野寺さんがやってきた。僕は慌てて替えの下着を枕の下に隠した。

「お、お、小野寺さん。どうしたの」

「あの、今からみんなで甲板で飲むんですけど、沖さんも来ませんか。成瀬さんと上木さんもいます」

今までにも何回か、そういう夕食後の飲み会が開かれたことがあった。普段なら参加するが、今は小野寺さんと顔を合わせていたくない。体調不良を理由に断ろう。

そう考えていたら、小野寺さんの後から、飲むのも飲ませるのも大好きな女巨人が現れた。

僕の肩を叩きながら、有無を言わさぬ口調で一言。

「来るよね」

拒否権はなかった。

僕たちは甲板に出た。

日が完全に沈み切っていないにもかかわらず、群青色《ぐんじょういろ》の空にはもう星がまたたいていた。東京の星たちはこんな早出ではない。

南海の爽快な夜風が船首から船尾に吹き抜ける。

テーブルのところに行くと、浅川さん、成瀬さん、らいちの三人が、売店で買ったと思《おぼ》しき缶やつまみを広げているところだった。

「わー、すごい濃いー」

一日でぼうぼうになった浅川さんのひげを触りながら、らいちがはしゃいでいた。それを横で見ている成瀬さんは予想通りの仏頂面《ぶっちょうづら》。彼女ももう少し気を遣ってやればいいのに。

僕たちも同じテーブルに着いた。

乾杯の音頭を誰が取るかで儀礼的な押し付け合いが少々あったが、最終的に最年長の浅川さんに落ち着いた。彼は咳払《せきばら》いを一つしてから言った。

「えー、今年もみな無事に集まることができました。それと新しい仲間も一人増えました」

浅川さんの視線を受け、らいちが軽く頭を下げた。

「実生活では全然接点のない俺たちが、今ここでこうして一つのテーブルを囲んでいるというのは、奇跡なんじゃないかとさえ思う。成瀬くんのブログと、黒沼さんの島と、一人一人の想いが生んだ奇跡です」

真っ先に名前を挙げてもらった成瀬さんは得意そうな顔をした。

「この素晴らしい出会いと、素晴らしいバカンスと、素晴らしい星空に」

キザ、と中条さんが苦笑した。僕も便乗して頬を緩めてみせる。

「乾杯」

「かんぱーい！」

僕は自分の缶ビールを人の缶に次々とぶつけていく。中条さん、浅川さん、らいち、成瀬さん……ここで手を引こうとしたが、小野寺さんが缶を浮かせた状態で僕との乾杯を待っていた。放っておくわけにもいかないので、僕は彼女の缶を睨み付けたまま事務的に済ませた。

しかしやはり、どんな顔をしているか気になって目を上げたが、彼女はすでに僕の方を見ていなかった。僕は苦々しい思いを唐揚げと一緒に噛み砕いて飲み込んだ。

僕の鬱屈《うっくつ》をよそに、宴会は賑やかに進行する。

らいちは未成年だからという理由で飲酒を自重するタイプには見えないが、コーラを飲んでいた。そこに中条さんが絡んでいった。

「ちょっと、あなた、何コーラなんか飲んでるの。ビール飲みなさい、ビール」

そう言って、らいちの前に音を立てて缶ビールを置いた。らいちは目を丸くしてコーラの缶を口から離した。

成瀬さんが二人の間に割って入った。

「勘弁してくださいよ、中条さん。らいちちゃんは未成年なんですよ」

「未成年が何よ。私なんて三歳の頃から飲んでたわよ。さあ、飲むの、飲まないの、どっちなの」

弁護士のくせに、日本国よりも中条国の法律を優先させるらしい。

これはいけ好かない女に対する嫌がらせというよりも、彼女なりのコミュニケーションなのだろう。多分浅川さんに愚痴ったことでわだかまりが解けたのだ。らいちにとっては迷惑以外の何物でもないだろうが。

どうするのだろうと思って見ていると、らいちはニッコリと笑ってこう言った。

「いただきますわ、お姉様」

そして缶の中身を一気に飲み干してしまうと、とろんとした目でどや顔をしてみせた。一同唖然《あぜん》としていたが、浅川さんの口笛をきっかけに拍手が巻き起こった。そこには中条さんも加わっている。

「へえ、やるじゃない」

最後の一人がとうとう新入りを認めたようだ。これで今年の旅も安泰だろう。

ホッと一息つく僕の前に、なぜか新たな缶ビールが置かれた。

「ケンタローも負けてられないわね」

「何でそうなるんですか」

そう言いつつも、今はアルコールの奔流《ほんりゅう》に呑まれたい気分だった。僕は破滅的な思いで彼女の挑発に乗った。

第二、第三、第四のビール。さすがケンタロー！　そう囃《はや》す中条さんの前に並ぶ缶の数は僕より多い。彼女は人に勧めるだけではなく、自分でも飲む。当たり前だ。そうでないと人は付いてこない。そう、僕はどこまでもこの人に付いていくのだ……。

遠くの方に見覚えのある二人組。例のタンクトッパーズだ。こちらを見て何やらニヤついている。昼間のチキン野郎だと嘲笑《あざわら》っているのか。くそっ、文句を言ってやる。僕は立ち上がった。ところが不思議なことにまたすぐ座っていた。誰かが大丈夫と言った。ええ、大丈夫です。全然問題ありません。景色が揺れているのは船の上だから。星空が回っているのは船の上だから。

十分か、三十分か、一時間後、僕はトイレで吐いていた。

初日からこの調子では先が思いやられる。

しかし胃の中のものをすべて吐き出してしまうと大分楽になった。

トイレを出て甲板に向かう。ところがテーブルに戻ると、すっかり片付いていて人っ子一人いなかった。どうやら宴会はすでに終わったらしい。そんなことも覚えていないなんて相当重症だ。

夜風が吹き、僕は独り寂しくなった。

そういえば、まだシャワーを浴びていないことを思い出した。深酒をしたので正直サボりたいところだが、明日のことを考えるとそうも行かない。清潔にしておかないと顰蹙《ひんしゅく》を買ってしまう。何せゲロまで吐いたのだ。

一旦自分の部屋に戻るために二階に下りた。

その時だった。

一等船室の区画に続くドアが開けっぱなしになっており、そこから信じられない光景が目に飛び込んできた。

らいちが、例のタンクトップの二人組と、一室に入っていったのだ。

位置的に成瀬さんの部屋ではあり得ないから、タンクトッパーズの個室だろうか。

え、なぜ？

僕は思わず自分の目を疑った。しかし特徴的な赤毛やタンクトップを見間違えるはずがない。そして男の片割れは彼女の肩に手を回していたように見えた……。

僕は少し迷ったが、彼らが消えた辺りに行ってみることにした。

廊下の片側には二人用の一等船室が並んでいる。彼らはこの中のどれかに入っていった。どの部屋だろうか。

特定できず、しばらく廊下をうろうろしていると、一枚のドアの向こうからそれが聞こえてきた。

ベッドが軋《きし》む音、そして喘《あえ》ぎ声……。

らいちの声だった。

あいつ——何やってるんだ！

彼らは元から面識があったのか？　それとも行きずりの関係なのか？　いや、そんなことどっちでもいい。成瀬さんという人がいながら他の男とするなんて——それも旅先で——三人で——まったく理解できない。

しばらく呆然と突っ立っていたが、そこに通りかかった人が僕とドアを変な目で見ていったので、逃げるように自室に戻った。

僕は自分の失恋よりも大きなショックを受けていた。小野寺さんが僕を振るのは当然の権利だ。だがらいちの浮気は筋が通らない。しかもよりにもよって、あの不愉快な二人組が相手とは。

このことを成瀬さんに言うべきだろうか。いや、言えるはずがない。だが黙っていてもいいものか……。

散々悩んだ末、僕は口を噤《つぐ》むことにした。知らぬが仏である。もっとも成瀬さんを前にしたら簡単に気が変わるかもしれないが。

やり切れない気分を洗い流してしまおうと、僕はシャワールームに行ってシャワーを浴びた。

くそっ、あの女、旅行中くらい我慢できないのか。成瀬の奴も、あんなビッチのどこがいいんだ。二人して俺たちの旅行をぶち壊しにしやがって。

体はきれいになったが、心の汚れは落ちないままだった。

自室に戻るとさっさと横になった。興奮のためしばらくは寝付けなかったが、そのうちアルコールの波が打ち寄せてきて、僕を眠りの海に押し流した。

こんな夢を見た。

再従兄弟島のビーチで、僕は逃げる小野寺さんを追いかけていた。真剣な追跡劇ではなく、浜辺の恋人におなじみの「あははー、待て待てー」というやつだ。なぜか彼女だけ裸だった。

突然、彼女が転んだ。

「大丈夫!?」

呼びかけながら駆け寄るが、起き上がらない。驚かせようとしているのか、本気で痛がっているのか。

判別が付かず、まごついていると、うつ伏せになった彼女の顔の周りに赤い液体が広がり始めた。

血だ。

倒れたところにちょうど鋭利な石でもあったのか!?

一糸纏《まと》わぬ彼女の肉体を慌てて抱き起こした。

血溜まりが髪を赤く染め上げていた。違う、小野寺さんじゃない。らいちだ。いつの間にか入れ替わっている。

らいちが目を開いた。口も開いた。

その口から、あの喘ぎ声が発せられた。

「ああああああああああああああああああああああああああ」

枕元で携帯のアラームが鳴っていた。上体をよじって止める。午前九時。

変な夢を見た。なぜ小野寺さんがらいちに変身するのか。二人はまったく別人なのに。小野寺さんが汚されたようで気分が悪い。

まあ、夢のことをいつまでも考えていても仕方ない。

目下の問題は朝食をどうするかということだ。らいちや成瀬さんと顔を合わせたくないが、朝っぱらからインスタント食品も食べたくない。迷った末、結局レストランに行くことにした。

レストランは昼や夜ほど混んではいなかった。

だが恐れていた通り、ウチのメンバーは勢揃いで一つのテーブルを囲んでいた。僕に気付くと手を振ってくる。諦《あきら》めて輪に加わることにした。

バターロール二個とサラダ、ヨーグルトをトレイに載せ、みんなのところへ行くと、彼らの皿はほとんど空になっていた。

「寝ぼすけ」

中条さんがからかうように言ってきた。

「せっかくの休日なんだから、そんな早く起きませんよ」

普段なら昼過ぎまで、うっかりしたら夕方まで寝てしまう。

「それに、どうせ到着まですることがないですし」

二人と三人に分かれて座っていたので、二人の方に座らざるを得なかった。例のカップルとちょうど向かい合う席だ。

らいちは昨夜の出来事などなかったかのように、成瀬さんとイチャイチャしていた。しかしその笑顔——いやにつやつやしている——の裏には魔性が隠されているのだ。一体どんな思いで成瀬さんと話しているのだろうか。心の底で嘲笑っているのか。それとも、あれはあれ、これはこれと割り切っているのか。どんな想像もやるせなさしか生まなかった。

僕が食べ終わると解散した。

トレイを返しに行く時、出口のところで小野寺さんがらいちに話しかけているのが見えた。何を話しているのか知らないが、もうそいつと仲良くする必要はないぞ。みんな騙《だま》されているんだ。

そういえば小野寺さんに対する失恋感よりも、らいちに対する不快感が先に出てきたことに驚いた。それだけ嫌な出来事だったということだろう。

十時半になってから甲板に出た。小笠原高気圧の圏内に突入したらしくカラッとした空気になっていた。海の色もエメラルドグリーンに変わっている。

甲板は出航時と同じくらい人で溢れ返っていた。何人かは歓声を上げ、何人かは進行方向を指差していた。その指の先に、父島があった。

二十四時間の船旅の末、父島はようやく僕たちの前にその姿を現した。

接近するにつれ、二見港《ふたみこう》が肉眼で確認できるようになった。そのうち母島への連絡船ははじま丸や、待合所の白い建物、その前に並んだ出迎えの人々などが見えてくる。

あの中に深景さんもいるのだろうか。重紀さんはある理由からほとんど再従兄弟島から出ないので、クルーザーで僕たちを連れていってくれるのは彼女の方である。

父島は面積二十三・八平方キロメートルの小さな島なので、二見港も船の上からでは怪獣映画の撮影に使われるミニチュアに見えるほど小規模だ。背後にはすぐ山が控えているため、ますます圧縮された感じを受ける。島の中心部はほとんど山であり、平地は周縁部にわずかに存在するばかりである。だから空港も作れない。

船は湾内で慎重に方向転換を始める。乗客の多くはこのまま着岸を見届けるつもりらしかったが、見慣れている僕は通路が混まないうちに部屋に戻り、下船の準備を始めた。

しばらくすると揺れが止まり、下船開始のアナウンスが流れた。

部屋を出たところで小野寺さんと中条さんと、階段のところで成瀬さんとらいちと合流した。

二等和室の浅川さんを待っていると混雑に巻き込まれるので、僕たちは先にタラップを下りた。

紫外線のピークである六月を過ぎたとはいえ、南国の日差しは依然殺人的だった。民宿の人々がプラカードを持って各自の宿泊客を待っている。

深景さんを探していると、後ろから服をつまれた。振り向くと、らいちだった。

「もう南国モードになってるんですか」

不意を突かれて敵意が面《おもて》に出てしまったのかもしれない。彼女は弁明するように付け加えた。

「あ、ナルシーから聞いたんですけど」

僕はポーカーフェイスを心がけて答えた。

「まだここじゃ無理だよ。再従兄弟島に行かないと」

その時、中条さんが深景さんを発見したらしく「あそこ！」と叫んだ。

僕たちは彼女が指差した方を見た。待合所の前に陸橋があるのだが、その日陰に深景さんがいた。

深景さんはどこか陰のある三十歳の女性だ。日焼けは普通快活さの象徴だが、彼女の場合、黒いレースの服と相まって影そのもののようになっている。うっかり太陽の下に迷い出た暗い森の魔女といった風情《ふぜい》である。

面白いことに、そんな人でも抱擁の儀式は欠かさない。中条さん、小野寺さんと三つ巴で組み合った。そのぎこちない笑顔に親近感を覚える。

儀式が終わると、中条さんが片手でらいちを指し示した。

「成瀬くんから聞いていると思うけど、紹介するわね。こちら、上木らいちちゃん。成瀬くんのこれ」

と小指を立てて続ける。

「見た目はこんなだけど、いい子だから仲良くしてやってよ」

上木らいちちゃん？

親しい後輩を紹介するかのような態度に驚かされた。昨夜の一気飲みである程度認めたようだが、自ら紹介を買って出るほどではなかったはずだ。一体いつの間にここまで仲良くなったのだろう。

らいちは一歩進み出て快活に挨拶する。

「上木らいちです。どうしても南の島に行ってみたくて、無理を言って参加させてもらいました。よろしくお願いします」

そう言って、ぺこりと頭を下げる。

「……よろしく」

深景さんは初対面時の僕たちと同じように硬い表情で答えた。

そこに浅川さんが合流した。

「皆さんお待たせしました。よお、深景、久しぶり！」

「久しぶり」

深景さんは浅川さんに対しても無愛想だったが、その表情がふっと緩んだのを僕は見逃さなかった。

三年前と二年前は父島観光をしたが、今年は去年同様、再従兄弟島に直行する。僕たちはクルーザーが泊めてある、とびうお桟橋《さんばし》の方に向かった。

船着き場を去る時、そういえばタンクトップの二人組を見かけなかったなと思った。

とびうお桟橋にはすぐ着いた。漁船や遊覧船が多数係留されていたが、その中から黒沼家のクルーザーを見つけ出すのは容易だった。群を抜いて大きく、高級感があるからだ。

係船ロープをほどいてから乗り込んだ深景さんが、

「あら？」

と声を出した。

「どうしたんですか」

彼女の後ろから覗《のぞ》き込むと、甲板の上に雑誌が開いた状態で落ちていた。そのページには女性のヘアヌード写真が載っていた。

「深景さんの？」

成瀬さんが下品な口調で聞く。

「違います」

彼女は軽く流すと、陸に向かって視線をさまよわせた。それが一点で止まり、元々細い目がさらに細められた。

僕たちは彼女の視線の先を見た。

物陰から飛び出した三人の少年が、声変わりの始まりかけた声で笑いながら逃げていくところだった。

「なるほど、エロガキどもの仕業か」

浅川さんが苦笑しながら言った。

「ええ、島に一つしかない中学校の生徒みたい。この前なんか新品の女性用下着が置かれてて」

「君のことが好きなのかも」

「子供に好かれても嬉しくないわ」

深景さんは浅川さんに意味深な視線を送ると、エロ本を拾い上げて、無言、無表情で成瀬さんの前に突き出した。

「何で僕？　僕にはらいちちゃんがいるから要らないよ」

　聞きようによっては生々しい発言に気まずい空気が生まれたが、僕は彼が「らいちちゃん」に騙されていると思うと不憫《ふびん》で仕方なかった。そんな内心を知る由《よし》もなく、成瀬さんは僕に振ってくる。

「これはいつもギラギラしている沖くんにあげよう」

　いつもギラギラ？

　ということは僕の片想いに気付いているのか？

　動揺していると僕の片想いに押し付けられてしまった。

　全裸を晒《さら》しているモデルは、どこか小野寺さんに似ている清楚系だった。無意識のうちにページをめくっていたが、本物の視線に気付き、慌てて閉じた。何か言われるかと思ってびくびくしていると、

「こんな離島でもそんな本が流通してるんですね」

　真顔でどこかずれた発言をする小野寺さん。

　僕たちの前にはどこまでも呑気な海が広がっていた。

　小型船舶免許を持つ深景さんが操縦席に乗り込んだ。小型船舶の範囲はレジャー目的であればかなり緩く、こんな大きなクルーザーでも操縦が認められているという。

そこらのトラックより大きな乗り物を、細腕の深景さんが自由自在に操る姿は、いつ見ても痛快だ。

心地よい振動とともに発進した。

小笠原諸島はいくつかの列島に区分される。再従兄弟島は父島列島に属するので、所要時間は三十分ほどで済む。

二見湾から外洋に出てしばらく経った時、遠くの方の海面で何か跳ねた。と思ったら、五メートルほども飛び上がった。イルカだ。竹芝客船ターミナルのオブジェとは違う、本物のイルカのジャンプだ。

みんな大喜びだったが、僕はあれが船体に直撃したら危ないなと密《ひそ》かに考えた。それから、そんな冷めた感想しか浮かばない自分が何か劣った存在のように思えた。早く南国モードになりたい。そうすれば、僕ももっと楽しい人間になれるはずだ。

何となく甲板に居づらくなり、日差しにやられたふりをしてキャビンに入った。

ソファに腰を下ろして一息ついていると、操縦席から深景さんと浅川さんの会話が聞こえてきた。

「煙草《たばこ》やめた？　匂わないけど」

「いろいろあってね。君こそ吸い始めた？　匂うけど」

「いろいろあってね」

そして笑い合う。相変わらずいいコンビだ。

彼女はどうして浅川さんではなく重紀さんを選んだのだろう。

一年目の時点で、彼女は重紀さんとは面識がなく、一メンバーとしての参加だった。浅川さんと意気投合したようで、二人きりでよく話し込んでいた。これを機に付き合い始めるのではないかと思っていたが、結局は重紀さんと結婚した。

僕はその理由について推測を巡らせていたが、よく考えたら盗み聞きの構図になっていることに気付き、再び甲板に戻った。

やがて見慣れた島影が見えてきた。

ついに再従兄弟島に到着したのだ。

一般人が住んでいるのは今でこそ父島と母島だけだが、昔はそうではなかった。しかしそれらの島々は歳月とともに過疎化、無人化していった。再従兄弟島もそんな島の一つだった。

したがって岩陰から徐々にその姿を現した桟橋も、戦前に造られたのを補修したものであるという。

深景さんはクルーザーを巧みに操り、ぴたりと桟橋に着けた。

僕たちは船を下りた。そこは岩場となっており、すぐ側で林がぽっかりと口を開けている。潮の香りの中に草木の匂いが混じる。

深景さんは一人係船を始めた。自分でしないと安心できないという理由から、毎回僕たちには手伝わせない。

手持ち無沙汰《ぶさた》に待っていると、背後から特徴的なしわがれ声がした。

「今年もよく来てくれた」

振り向くと、木陰からのっぽの男がぬっと出てきた。重紀さんだ。例年通りよく日焼けしている。一ヵ月前、隠し掲示板に「今年もお待ちしております」とアップロードされた写真でも、深景さんともども不変の黒さを披露していた。

しかし最大の特徴はそこではない。

らいちが短い悲鳴を上げ、成瀬さんの腕に抱き付いた。演技ではなく、本当にびっくりしたようだった。

事前情報は得ていただろうが、無理もない。重紀さんは普段通りの格好をしていたが、初めて見る者の目には異様に映るはずだ。

浅黒い肌と対比を成す、白い、のっぺりとした仮面が頭部全体を覆っていた。

白昼の仮面――。

非現実的な光景――。

だが、れっきとした現実だった。

第三章　水を得た魚

五年前。

黒沼重紀の運転する車は、曲がりくねった峠道を走行していた。助手席には妻の百合江《ゆりえ》が、その後ろには小学四年生の息子の百紀《ももき》が座っていた。

一家はよく休日にアウトドアに出かけた。その日もよく行く山で、釣りや森林浴を楽しんできたところだった。

百合江はもちろん、百紀もいつも通り楽しんでくれたようだった。しかしもう少し年齢が上がれば、家族でこういうことをするのを恥ずかしいと思うようになるのかもしれない。引き際を見極めて、家族サービスの押し売りにならないよう気を付けなくては。

先程から百紀が尿意を主張していた。重紀はトイレのある道の駅を目指して、気持ち強めにアクセルを踏んだ。折悪しく霧が立ち込めてきたが、慣れた道だったので油断していた。
それが悲劇を生んだ。
突然、目の前に二つの丸い光が出現した。
対向車のヘッドライトだ!
咄嗟にブレーキを踏み、ハンドルを切った。

——そこで意識が途切れた。

目を覚ますと、女に覗き込まれていた。
百合江か?
違った。
白い帽子を被っている。中年の看護師だ。
ということは、ここは病院か。
彼女は一瞬驚いた様子だったが、すぐに笑顔でこう言った。
「良かった、気が付いたんですね」
上体を起こそうとすると、全身に激痛が走った。
それから……顔全体が何かに覆われている?

重紀は自分の顔に触れてみた。ざらりとした布の感触。包帯だ。その下で、触れた部分の皮膚がぐずぐずと痛んだ。今まで慣れ親しんできた顔の手触りでは、明らかになかった。

「触っちゃいけません！」

看護師に一喝されて、重紀は慌てて手を下ろした。

いろいろ質問しようと思ったが、咳しか出てこなかった。喉《のど》がひどく痛かった。やっとの思いで絞り出した声は、自分のものとは思えないほどしわがれていた。

「……一体どうなったんですか」

「あなたは車を運転中、交通事故に遭って、病院に運び込まれました」

看護師は一言一言、噛んで含めるように説明した。それで重紀は重大なことを思い出した。

「そうだ、家族は？　家族は無事なんですか」

看護師は完璧な笑顔を作って言った。

「ええ。もう少しの辛抱で会えますよ」

それが意識を取り戻したばかりの患者にショックを与えないための訓練された笑顔であるということが分かったのは、数日後のことだった。

百合江と百紀は即死していた。

事故の状況は次のようなものだったという。

重紀の車は外国車で、左ハンドルだった。霧の中で対向車のヘッドライトが見えた時、重紀は自分が中央線を割っていると思い込み、ハンドルを左に切った。しかし実際は向こうの方が大幅にはみ出していた。目算を誤った重紀の車は山側斜面に衝突し、ハンドルが重紀の顔面を打ち据えた。無防備な腹を晒した助手席側には対向車が激突し、百合江と百紀の命を奪った。相手方も前の二名が死亡した。軽傷だった後ろの二名により重紀は救出されたが、当然後回しとなったため、発熱したハンドルで顔を焼かれ、エンジンルームから発生した煙で喉をやられた。

相手は天文サークルに所属する四人の大学生で、山に天体観測に行くところだった。客観的に見て非は彼らの方にあったが、重紀は何もかも自分が悪いような気がしていたので争うつもりはなかった。何円貰っても、百合江と百紀が生き返るわけではないのだ。顧問弁護士が驚くほど、安い金額で手を打った。

何事もやる気が起きなかった。親から受け継いだ会社は、血縁でない野心家の副社長にくれてやった。黒沼一族は短命で、親類縁者はみな死に絶えていたので、文句を言う者はいなかった。

全身の打撲と擦り傷は数ヵ月のうちに跡形もなく完治したが、顔面の傷としわがれ声はいつまでも残った。退院後、重紀は仮面を特注した。後頭部を開閉して被る、軽いプラスチック製の全頭仮面。内側上部のゴムパッドで固定するため若干の空間的余裕はあるものの、心理的圧迫感は否めない。だが重紀はそれに自罰的な心地良さを感じた。自分は囚人なのだ。不注意から妻子を死なせた囚人……。

　そして、以前から所有していた再従兄弟島の別荘に引き籠った。百合江と、老後はそこで暮らそうと話していたからだ。百紀もお気に入りの島だった。重紀は二人の幻影とともに島に渡った。

　それ以来、クルーザーで父島に買い出しに行く以外は、まったく人と関わらない生活を送ってきた。

　そんなある日、重紀はネットサーフィン中に同好の士が運営するブログを見つけ、時々書き込みを行うようになった。やがてオフ会の話が出た。重紀は躊躇《ちゅうちょ》の末、勇気を出して彼らを招待することにした。昔は何回か友人を招いたこともあったが、事故以降は初めてだった。寂しさが限界に達して、同じ趣味を持つ人々に話を聞いてもらいたくなったのかもしれない――。

＊

　三年前、重紀さんは夜のバルコニーで僕たちと杯を交わしながら、そう語った。

それを聞いてから、深景さんはずっと考え込んでいた。

両親を早くに亡くし、天涯孤独の身で生きてきたという彼女には思うところがあったのだろう。

オフ会が終わってしばらくしてから、成瀬さんのブログ上で二人の結婚が発表された。

二回目のオフ会の時、メンバーだけの立ち会いの下《もと》、結婚式が行われた。

*

そして今に至るというわけだ。

一年ぶりに全員集結した僕たちは（一名余計なのがいるが）、景観を損ねない程度に人の手が入った林道を上っていた。

再従兄弟島は東京ドーム四個分程度の面積で、大かくれんぼ大会が開けそうなほど起伏と緑が多い。小笠原諸島には、人が残していったヤギが野生化して植生が破壊された島も多いが、ここは免れたようだ。値段を聞いた時、僕には一生手が届かないもののいい買い物だと思った。狭いながらも白砂のビーチもあるし。

「お腹空いたぁ」

余計な一名がため息をつくように言った。昨日も同じ台詞を聞いた気がする。腹ペコキャラを演出しようとしているのか。まあ、かく言う僕も腹ペコなのだが。

浅川さんと肩を並べて歩いていた重紀さんが、その言葉を耳聡《みみざと》く聞きつけて振り返った。

「小笠原名物の島寿司と海亀料理を用意しているので、心行くまで食べるといい」

重紀さんは仮面の第一印象が強いので、最初は近寄りがたく思ってしまうが、本当は気さくな人なのだ。家族を喪《うしな》った悲しみから隠遁《いんとん》生活を始めたが、根は陽性なのだろう。

「えっ、海亀ってあの海亀？　きゃー、すごーい」らいちが早速媚《こ》び始めた。「島寿司というのは何ですか」

重紀さんが説明しようとするのを遮って、成瀬さんが薀蓄を語り始めた。

「ネタはこの辺りでよく獲れるサワラだ。温暖な地域だから腐らないようにヅケにして、酢飯も砂糖多めで、ワサビがなかったからカラシを使って。元は八丈島の郷土料理だったんだけど、小笠原諸島は八丈島からの移住者が多いからね」

まったく、この人は……。

その間に、重紀さんは浅川さんの隣に戻っていってしまった。仮面で表情が見えないが、気分を害していなければよいが。

林を抜けると、凹凸の激しい丘陵地帯に出た。自分で自由にコースを設計できるゴルフゲームで、死ぬほど難しくしてやろうとやりたい放題やったような地形だ。

遠くの方に一本の木がある。僕たちはそれを目指して、草を刈って作った土の道を歩いていった。道は極力凹凸を避けて歩けるように蛇行しており、まるで大地に引かれた等高線である。

近くまで行くと、木の側には一際大きな窪みがあることが分かる。窪みの底には、藁《わら》葺《ぶ》き屋根で高床式、ログハウス風のトロピカルな家が建っている。黒沼邸である。穴の中にあることと、藁葺き屋根が茶色い毛並みに見えることから、ミステリマニアの僕と成瀬さんは「穴熊館」と命名した。

何もこんなところに建てなくてもいいだろうと思うが、そこそこ大きい家を建てられるような面積の平地がここしかなかったらしい。いくら夏に降雨の少ない小笠原諸島とは言え、大雨が降ったら水没するのではないかと心配になる。まあ、それに対処するための高床式でもあるのだろうが、「絶対建築基準法守ってないだろ」という館ミステリの常套句《じょうとうく》が脳裏をよぎり、思わず苦笑する。もっとも、館ミステリにこの手の熱帯風の館はあまり登場しないが。

木の脇から始まる、人工的に作られた螺旋《らせん》状の坂道で、窪みの底に下りていく。

穴熊館は二階建てで、周囲の崖《がけ》はその二倍くらいの高さがある。見上げると、円く切り取られた青空。

短い階段で高床に上り、横に五つ並んだ回転式のガラス戸を押し開けて家の中に入った。

うっすらと冷房が効いており、心地良く汗が引いていく。

冷房の動力源はもちろん電気。実は窪みの外にソーラーパネルが設置されており、そこからケーブルで電気を引いているのだ。屋根に取り付けないのは、藁葺きの外観に合わないという理由以上に、窪みの底は単純に日射が悪いからである。天気の悪い日はガソリンを燃やすタイプの発電機を併用するという。

ちなみに他のインフラだが、飲料水はミネラルウォーターを買い溜めしている他、海水を淡水化するイオン交換樹脂も備え付けられている。それ以外の生活用水は、雨水や井戸水（井戸はかつての島民が作ったもの）を塩素消毒して使っている。

ガスはプロパンガスをボンベで購入。

固定電話はないが、携帯電話は父島が近いので普通に電波が届く。またパソコンから無線ＬＡＮでインターネットに接続することもできる。

今の時代、金さえあれば、こんな孤島も人が住める環境に作り変えることができるのだ。

上がり框《かまち》のところで靴を脱ぎ、靴下越しに木材を感じる。

「まずは皆、部屋に荷物を置いてきてくれ。昼食の準備が整ったら呼ぶよ。あ、成瀬くんと上木さんには申し訳ない。一緒の部屋がいいだろうが、あいにくウチには一人用の客室しかなくてね」

「全然いいですよー」

らいちが答える。

そりゃお前はいいだろうさ。一人部屋の方が好きなだけ他の男を連れ込めるんだからな。くそっ、何だか昨夜から、らいちの言動に反応ばかりしている。彼女が浮気しようが何しようが僕には関係ないだろ。もう放っておこう。

埋め合わせとして、二人だけが一階の裏手側にある客室を使うことになった。二つの部屋は館の両翼に分かれているものの、これで二階の六人に気付かれることなく、真夜中の語らいができるというわけだ。人様の家であるということを自覚してほしいが、この二人には無理だろう。せめてシーツを汚さないように——って、放っておこうと決めた先からまた考えてる。

黒沼夫妻は台所へ、カップルは一階の客室へ、残りの僕たちは階段で二階へ。四人が一斉に移動しても、階段も廊下もまったく軋まない。したがって深夜に館を徘徊《はいかい》しても誰にも気付かれない。いや、決して夜這《よば》いを企んでいるのではない。単にミステリマニアとして外せないチェックポイントなだけだ。

二階には居室が八つある。

裏手側には重紀さんの書斎、寝室、深景さんの寝室。これらはドアを挟んで一続きになっている。そしてもう一室、元々は百紀くんの部屋だった客室がある。

正面側には客室が四つ並んでいる。どの部屋でも広さや内装は変わらず、窓から見える景色も同じなので、部屋割に関して争いが起きることはなかった。僕たちは百紀くんの部屋を遠慮し、正面側の四室を適当に割り振った。

くどいようだが、ドアもギギギギィーなどという音を立てたりしない。

ドアの内側には、公衆トイレによくある、金属製の心棒を横にスライドさせる錠が付いている。鍵はないので室内側からしか施錠できない。ドアの下には隙間があるので「針と糸の密室」ができるな、と成瀬さんと話したことがある。

「針と糸の密室」とは、針と糸などの小道具を使って、室外から施錠したり、室内に鍵を戻したりする密室トリックの総称である。いや、蔑称《べっしょう》と言ってもいいかもしれない。「この手の細々したトリックは三流だから何の捻《ひね》りもなく使うなよ」という戒めが込められている。

例えばこのドアだと、江戸川乱歩が古今東西のトリックを集めた『探偵小説の「謎」』に紹介されていた、次の手口が使える。

まずピンセットを心棒にしっかり押し込み固定する。ピンセットには糸を結び付けておき、それをドアの下の隙間から引くことで室外から心棒を動かす……わけだが、そのままだと上手く行かない。なぜなら心棒を動かすには横向きの力を加える必要があるからだ。そこで心棒が嵌まりゆく方向の壁に縫い針を刺し、それに糸を引っかけてドアの下から室外に出す。その状態で室外から糸を引くと、縫い針を支点として糸が横に動き、心棒が嵌まる。さらに引くと、ピンセットが外れるので、それをドアの下から回収する。しかしこのままでは縫い針が残ったままである。そこであらかじめ縫い針の穴に別の糸を結び付けておき、それを強く引くことで、縫い針もドアの下から回収する。

とまあ、こんな具合だ。針を刺した痕が壁に残ってしまうことが欠点だろう。

僕は意識をドアから部屋全体に移した。ベッド、書き物机と椅子、クローゼット。家具は以上である。

上を見ると、縦横に走った梁《はり》の上に、急斜面になっている藁葺き屋根の裏側が見える。一見ざるのようだが、意外と雨も虫も入ってこない。藁葺き屋根が普及している熱帯では雨も虫も多いのだから、防げて当然なのだが。

立地が立地だけに、窓の外の景色は窪みの底の色あせた草地と、ゴツゴツした崖という、いささか残念なものである。うんと顔を上げればギリギリ空が見えないこともない。日射量が少ないため、電気を消したままだと昼間でも薄暗い。

だが館が穴の底にあるという一点を除けば最高のバカンスである。何せここは南の島なのだ。

そう、南の島。

自宅から竹芝客船ターミナルまで一時間弱。おがさわら丸で二十四時間。クルーザーで三十分。丸一日以上かけて、ようやくここまで辿り着いた。ここ、再従兄弟島、南国の孤島まで。

ドクン。

来た。

来た、来た、来た、来た、来た！

いや――来ている。

南国モード発動。俺、参上。さようなら僕。だが消えてなくなったわけではない。僕が俺になった。それだけの話だ。別人格ではない。真の姿とでも言おうか。仮面を脱ぎ捨てたのだ。別人でもない。もし俺の意識を推理小説化したならば、読者は「同じ視点人物と見せかけて途中で別人に入れ替わっているタイプの叙述トリックではないか」と疑心暗鬼になるだろうが、ご安心あれ、僕も俺も沖健太郎その人だ。二人は意識を共有しているので、俺の知らない間に僕が誰かをぶっ殺しているなどということもない。

うん、ちょっとはしゃぎすぎてるな。自分でも分かる。はしゃぎすぎている。脳内歯車全力回転。だが無理もない。一年ぶりだからな。南国の空気がヘモグロビンに乗って全身を駆け廻っている。いや、これはもう血液全部グァバジュースに入れ替えられてるレベル。ヴァンパイアもびっくりだぜ。

コンコン。

ノックがしたので開けると仮面が見下ろしていた。

「昼食の準備ができたので下りてきてくれ」

「すぐ行きます。女の子とご飯は待たせるなってのが俺の信条ですから」

「む、南国モードか。これで全員集合だな」

「数に含めてくれてありがとう！」

重紀は他の部屋をノックしに行った。その後に続いて廊下に出ると、ちょうど渚も部屋から出てきたところだった。愛しの彼女には言葉を交わさずとも俺が俺であることが伝わった。

「あ、やっと南国モードですね。お久しぶりです」

「久しぶり。相変わらず可愛いね」

そう言うと、渚は赤くなって俯いた。

僕は振られたと諦め切っているが、俺は諦めない。たとえ他の男が好きでも、絶対に俺の方を振り向かせてみせる。やるぞ、やるぞ、やるぞー！

そこへ浅川と法子が部屋から出てきた。

「ご機嫌よう！」

久闊《きゅうかつ》を叙《じょ》すと、法子がわっと駆け寄ってきた。

「きゃー、ケンタロー南国モードォ！　ずっと会いたかったのよ。元気してた？　風邪引いてない？」

「やっぱり君がいないと始まらないよ」

浅川もそう言ってくれる。みんな俺が大好きなのだ。僕も充分好かれていると思うが、俺とはやはりベクトルが違う。祭りに花火、花見にビール、南の島には俺。そういう存在だからな俺は。

みんなでドヤドヤドヤドヤ階段を下りる。本当は一段飛ばしの気分だが、さすがに大人気ないので我慢。

下りたところで成瀬とビッチに鉢合わせした。

「俺が君の待ち望んでいた南国モードだぜ」

そう教えてやると、ビッチはポカーンとしてから、大声で驚いた。

かも」

「えーっ、沖さん!? 別人かと思ったぁ。だって雰囲気全然違うし。でも結構タイプかも」

そう言って秋波どころか夏波レベルの熱い視線を送ってくる。僕の好みではないが、俺はこういうのも結構イケる。顔もいいし体もエロい。おっと成瀬、そんな怖い顔するなよ。安心しろ、俺は渚一筋だから。それに単にストライクゾーンってだけであって、成瀬を裏切ったことは許してないぜ。

俺たちは食堂のドアを開けて中に入った。キッチンと応接間と一続きになっており、壁一面の大きな窓からはバルコニーに出ることができる。

深景が食器を並べていた。島寿司に海亀の煮込み、アカバの味噌汁、そしてテーブルの中央にはみんなで取って食べる用にトロピカルフルーツが盛られた籠《かご》。これがザ・小笠原料理。

俺たちは深景を手伝ってから席に着いた。

すべての椅子には座布団が括《くく》り付けられている。夏に座布団なんてケツが熱くなるが、文句は言えない。

また各椅子の背にはネームプレートが貼られており、席順は実質固定されている。時計回りに重紀、深景、俺、渚、ビッチ、成瀬、法子、浅川。重紀とビッチはお誕生日席。

全員の視線が重紀に集中する。重紀は咳払いをしてから、事故がもたらしたしわがれ声で話し始めた。

「このオフ会も今回で四回目となった。事故で家族を亡くして以来、ずっとこの島に引き籠っていた私にとって、皆を招待するのはとても勇気の要ることだった。だがそこで勇気を振り絞って良かったよ。こんな素晴らしい友人と、そして、こんな素晴らしい伴侶《はんりょ》を手に入れることができたのだから」

のろけ仮面が深景の方を向く。俺たちもニヤニヤしながらそっちを見る。

だが深景が、お前こそ仮面を被ってるんじゃないかってくらい露骨に無表情だったのでギョッとした。他の連中も気付いたらしく、途端に気まずい空気になる。おいおい、大丈夫か？　倦怠期《けんたいき》なのか？　だがそれにしたって愛想笑いくらいすればいいのに。

重紀は何事もなかったかのように話を続けた。

「そして今年はまた一人、新しい友人が増えた。しかもこんなに可愛らしいお嬢さんだ。上木さん、今後ともよろしく」

「こちらこそよろしくー」

ビッチは取り繕ったような明るさで応える。彼女なりに場を和ませようとしているのだろう。その点は深景よりマシだと評価してやってもいい。

「うむ。それでは退屈な挨拶は程々にして、早速食事に取りかかるとしよう。いただきます」

「いただきます！」

まあ黒沼夫妻の夫婦仲がどうであろうと、俺はただひたすら目の前の料理を平らげるだけだ。

まずはアカバの味噌汁から！　熱い！　これは後回しだ！

気を取り直してメインディッシュ、島寿司！　ヅケの塩味×酢飯の甘み×辛子の辛み！　味のトリコロールが寿司の新たなる可能性を生み出している！　君が代をファンキーにアレンジしたみたいだぜ！

次に海亀の煮込み！　亀っていっても生臭くなくて牛筋みたいな味だ！　昔から祝い事や祭りの定番らしい！　もう毎日祭りにしようそうしよう！

アカバの味噌汁に再挑戦！　アカバってのは珊瑚礁《さんごしょう》とかに住んでる白身魚だ！　そいつをぶつ切りにして、玉葱《たまねぎ》や長葱と一緒に味噌汁にぶち込む！　海の味と島の味が混然一体となって、椀の中に一つの小宇宙を作っている！

最後はトロピカルフルーツ！　マンゴーは安定の美味《うま》さ！　パパイアは臭いけど甘い！　パッションフルーツは……うん、俺、こいつ苦手なんだよね。黒くて大きい種がブツブツ果肉に混入してて、まるでネットでグロ画像と悪名高い蓮《はす》の実のごときそれを、そのまま食えっていうんだよ。口の中に蓮の花が咲くわ。その点、バナナ先生は老若男女に好かれてて偉大！　いつも側にいてくれるから忘れがちだけど、こいつも立派なトロピカルフルーツ！　普段食ってるのよりずっとずっと美味い！

ふう、ごちそうさま。

一人だけ食い終わって手持ち無沙汰なので、ミステリマニアの性《さが》として全員の利き腕を再確認する。俺は右。渚も右。浅川左。法子左。成瀬右。ビッチ右。重紀右。深景右。右、右、左、左、右、右、右、右。全体、右向け右。

ちなみに重紀は仮面の下半分を持ち上げて食う。

幸い誰かが突然苦しみ出すなどということはなかった。

代わりに渚が突然謝り出した。

「沖さん、ごめんなさい」

「いきなりどうした？？？」

脳内にクエスチョンマークの森ができる。環境に優しくていいね。

「私が食べるの遅くて。沖さんは早く海に行きたいんでしょう。私に構わず先に行ってててください。他の方もどうぞ」

な、何で分かったんだ。

確かに俺は一刻も早く海に飛び込みたいと思ってる。だが女の子にそんな気の遣わせ方をしたら男がすたるってもんだ。

「そそそそんなことないぞ。ゆっくり食べればいい。っていうか俺ももうちょっと食べようと思ってたところだから」

慌ててテーブルの上を見渡す。ってパッションフルーツしか残ってねーじゃん！

……しゃあねえ、食ってやる。ブッブツ、ブッブツ。

「あー、パッションフルーツマジうめーわー。蓮が咲き乱れてるわー。極楽浄土だわー」

「沖さんって確かパッションフルーツ苦手でしたよね。無理しないでください。それに沖さんが海に行きたがってるのは一目瞭然《いちもくりようぜん》です」

「なぜ」

「テーブルの下でバタ足をしてるから」

え？　あ、本当だ。無意識って怖いねー。

ドッと場が沸《わ》いた。

渚もクツクツと笑っている。年上の男をからかうとはいい度胸だ。

「認めよう。確かに俺は海に行きたい。だがな、一人で行っても楽しくない」君と「みんなと行かないと意味がねーんだよ」

「じゃあ五分ほど待っててください」

そう言った渚の顔にはまだいたずら笑いが残っており、省略した言葉を見透かされたようでドキッとした。

渚は宣言通り五分以内に、自分の皿と、パッションフルーツの残りをすべて平らげてしまった。渚はゆっくり、たくさん、きれいに食べる。残すと失礼だと思っているだけじゃなく、純粋に食い意地も張っているんだろう。そんなところも好きだ。

「ごちそうさまです。さあ、海行きましょう！」

「おう！　他に行く人は？」

法子、成瀬、ビッチがさっと手を挙げる。

深景は俯いたまま抑揚《よくよう》のない口調で言った。

「ごめんなさい、私は遠慮するわ。今日ちょっと体調が悪くて」

それに浅川が便乗した。

「俺もパス。船旅で疲れたみたいだ。二十四時間ってのはやっぱり老体には酷《こく》だよ」

すると重紀が空気を読んだように言った。

「私は……行こうかな。せっかくみんなが来てくれたんだ」

何だ何だ何だ？　魔の三角関係《バミユーダトライアングル》が発生してないか？　モラルが行方不明になってる。

「じゃあ後は片付けとくから」

深景はそう言うや否や、早速ガチャガチャと皿を重ね始めた。

「手伝うよ」

浅川がナチュラルに申し出た。

「じゃあ俺も……」

という俺の言葉は途中で浅川に遮られた。

「二人で大丈夫だよ。そんなに一遍に厨房に入れないし。沖くんは早く海に行きたいんだろう?」

早く海に行っちまえよ。そう聞こえるのは俺の耳が邪悪だからか。ええ、いいでしょう、行きましょう、海。それがお互いの望みなら。

「それもそうですね。じゃ行ってきます」

と、二人を残して食堂を出たものの……。

やっぱり気になる。深景はともかく、浅川は間違いを起こすような奴じゃないと信じたいが、万が一ということもある。そうなれば重紀は二度と俺たちを招待してくれないだろう。楽園の崩壊。それだけはあってはならない。

「あいてて、突然腹が」

俺は廊下にしゃがみ込んだ。もちろん仮病だ。海に行けないのは残念だが、館に残って二人を牽制《けんせい》するのだ。

「大丈夫!?」

一番近くにいた法子が真っ先に駆け寄ってきた。と思ったら、そっと耳打ちしてくる。

「若者が余計な心配する必要ナシ。私が残る」

「え？」

俺は法子の顔を見た。すべて見通しているかのようなアルカイックスマイル。中条菩薩《ぼさつ》様ありがとう！　本当は海に行きたくて行きたくて仕方がなかったんです！

「どうしたのかね」

「やっぱり無理してパッションフルーツ食べたのが良くなかったんでしょうか」

他の人々も集まってくる。俺はすっくと立ち上がった。

「何か分からんが治った」

「何だそりゃ」

成瀬が呆れたように言った。

「その代わり私が行けなくなったわ。急ぎの仕事を思い出してね。黒沼さん、申し訳ないけどパソコン貸してくださいません？」

「いいとも。書斎にあるから自由に使いなさい。パスワードはかけてない。しかしこんな時まで仕事とは大変だな」

「売れっ子弁護士は大変ですねー。僕なんか全然執筆依頼来ないのに」

「あはは、勝ち組でごめんねー」

法子はカンラカンラと笑っていたが、本当は彼女だって海に行きたかったに違いない。俺の「他に行きたい人は？」という呼びかけに勢い良く挙手していたんだから。心の中で土下座した。


結局、海に行くのは俺、渚、成瀬、ビッチ、重紀の五人になった。それぞれ自分の部屋に戻って準備をしてから、回転するガラス戸が印象的なエントランスに集合した。


俺はこっそりみんなの肉体をチェック。

今まで何回も見てきたので今更だが、渚の肌は磁器のように白く美しい。それとは対照的なのが新入りのビッチである。身長こそ高くないが、モデルのように整ったプロポーションと、法子並の巨乳、そして意外にも適度な筋肉を兼ね備えている。何かスポーツをやっているんだろうか。まあ興味ないけどね！

野郎どもも、成瀬はビッチとお似合いの筋肉兄貴だし、重紀は浅川と同じくらい長身で毛深く肉付きも良い。俺だけ大したことない体で肩身が狭いぜ。ま、男は中身で勝負。そう思って頑張ろう。

全員集まったので出発。乾いた日差しが肌を直火《じかび》で炙《あぶ》ってくる。女王様の蠟燭《ろうそく》的なM性感じゃなく、野性に返ったような高揚感。

所々突き出た草で脚に擦り傷を作りながら、丘陵地帯に引かれた土の道を歩いていくと、しだいに下り坂になり、こぢんまりとしたビーチに出た。

「海、だ――っ！」

あまりの暑さに溶けてしまったエメラルドみたいな海に向かって叫ぶ。当たり前だがこだまは返ってこない。山と違い、海は俺たちのことなどガン無視で、ザザーン、ザザーンと独り言ばかり。だがその冷たさがいい。夏だから。

まず何する？　ビーチバレー？　それとも天然日焼けサロン？　否！　海って言ったら泳ぐものだろ！　走り幅跳びで飛び込んだ。体全体が青緑に染まる感覚。

「よっしゃ、一番……」

と思ったら、いつの間にかビッチに先を越されていた。

「ふふっ、一番乗りいただき」

と俺に向かってどや顔。あ？　あんまし大人舐《な》めてんじゃねーぞ。

ったく、海が汚れちまったぜ……。

ビッチと成瀬はケラケラ笑いながら水をかけ合い始めた。いいなー、俺も渚とあれやりたいなーって思いながら眺めていると、後ろから水をかけられた。振り向くと、渚がはにかみながら立っていた。

待ってました！

俺は意気揚々とやり返した。渚もまたやり返してくる。俺たちはケラケラ笑いながら水をかけ合った。

ふと浜を見ると、重紀が若いっていいよね的な顔でこっちを見ていた。だがよく考えると重紀は仮面だった。本当は今どんな顔をしてるんだろうか。深景とは何があったのか。考えまいと思ってもやっぱり考えてしまう。途端に水かけ遊びにも身が入らなくなった。

「——渚。ちょっとタンマ」

「え？」

「ビーチバレーしよう。それならみんなで、重紀さんも、できるから」

「あ！　そうですね。そうしましょう」

俺の思いは渚にも伝わったようだ。

「おーい、みんな、ビーチバレーしようぜ！」

「む、ビーチバレーか」

「やるやるー」

いつまでもイチャついていたい成瀬以外、全員が賛同してくれた。成瀬も独りで海に浸《つ》かっているわけにはいかず、しぶしぶ上陸してくる。

近くの倉庫からポストとネットを出してきて準備をする。

渚とビッチを一人分として、グーとパーでチームを分ける。だが世代ごとにかけ声が違うので、なかなかタイミングが合わない。これぞジェネレーションギャップ。

結局、俺・成瀬チームと、渚・ビッチ・重紀チームに分かれた。

「ちょっと黒沼さん、そっちのチーム羨ましすぎますよ！」

「ふふふ、両手に花だな」

渚と同じチームじゃないのは残念だが、いいこともある。サーブの時、おっぱいが揺れるのを見ることができるからだ。ちっ、アンダーサーブか。オーバーサーブの方がいいんだがな。だがまあ、ちょこんとしたサーブはとても可愛らしい。守ってあげたくなるような可憐さが――。

「おい、何ぼさっとしてるんだ！」

成瀬の声で我に返ると、目の前にボールがあった。咄嗟にレシーブ。ふらふらと斜めに上がった。

「よし、任せろ！」

成瀬はトスすればいいのに、無理してスパイクしに行く。案の定、長身の重紀にあっさりブロックされる。ボールは俺たちのコート内に着地――。

「させるかっ！」

俺はボールに向かってダイブ。打ち上げた。そのまま顔から砂に突っ込む。

「きゃあ！」

「大丈夫かね!?」

「ボールは!?」

顔を上げると、ボールはネットに引っかかった後、相手コートへ。誰も取れない。

「うしっ、まずは一点！」

「一点、はいいけど、顔すげーことになってんぞ」

成瀬が水を差してくる。だが手で触ってみたら本当に砂だらけだ。海水でバシャバシャと洗ってきた。

そんなこんなでしばらくやっていると、沖合の方からクルーザーのエンジン音が聞こえてきた。

見ると、船は海辺から百メートルくらいの位置で停止した。甲板には人がいるようだが、人数や何をしているのかまでは見えない。

「変だな、あの船」

「ああ、何であんな何もないところで停まるんだ」

「見張られてるみたいで気味がわるーい」

おい、俺たちは見世物じゃねーんだぞ。美少女が二人（一応ビッチも美少女の範疇《はんちゅう》だろう）いるから、ジロジロ見たくなる気持ちは分からんでもないが。

その時、船の上で何かが光った。フラッシュの切り忘れか。撮られたのだ。

「あ」

俺の後ろで声がした。渚だった。

次の瞬間、俺は海に飛び込んでいた。

クルーザーへクロール。沖選手速い速い速いたちまち追い上げる！

「沖さん頑張れー！」

後方からはビッチの黄色い声援。

そして前方からは若い男女の悲鳴。どうやら俺が向かってくるのに気付いたようだ。慌てて船を動かすか？　遅い遅い。俺はもう着くぜ。

透明な水の中、船の横腹が見えてきた。スキューバダイビング用か、はしごが取り付けられている。それを使って乗船した。

甲板にはタンクトッパーとビッチの連合軍みたいな連中がいて、ワーキャーと逃げ惑う。俺は半魚人か何かか。

さーて、盗撮野郎はどいつだ。

「ちょ、ちょっと、あんた」

民宿の名前らしき文字がプリントされたTシャツを着た若い男が、ぶるぶる震えながらも制止してくる。何だ、あんた業者側の人間かよ。あんまりチャラ男だから連合軍の一員かと思ったぜ。

「どけ、あんたに用はない。俺が用があるのはさっき勝手に写真を撮りやがった奴だけだ。どいつだ」

誰も自白しなかったが、犯人は一目瞭然だった。業者も含む全員がカメラを手にしていたからだ。全員が犯人って某古典ミステリかよ。

「てめーらが持ってるカメラを俺に寄越《よこ》しな」

若者の一人がどもりながら言い訳する。

「わ、悪気はなかったんだ。あの島に人がいるなんて珍しいと思って」

「いいからさっさと寄越せって言ってるんだよ！」

「ひい！」

俺の一喝で敵は戦意喪失した。すっかり従順になった彼らからカメラを受け取り、ズームで撮ったらしい、俺たちが写っている写真だけを消去する。

「ツイッターにでも上げるつもりだったのか？ いいか、ガキども。これは立派な盗撮なんだぜ。次やったら警察に通報する。民宿の名前は覚えたからな。お互い楽しいバカンスにしよう。それじゃ」

呆気《あっけ》に取られている連中を尻目に、俺は再び海に飛び込み、仲間の元に戻った。

拍手と大歓声が俺を出迎える。

「渚、お前の写真は確かに消したぜ」

渚は両手で口を押さえ、瞳を潤《うる》ませながら俺を見つめる。あ、これは間違いなく惚《ほ》れたな。

「成瀬さんのだけは敢えて消さなかった」

「おい、何でだよ」

「嘘です。ちゃんと消しましたよ」

ビーチに笑いが巻き起こった。


それから海が赤く染まるまで遊んだ。

倉庫に併設されているシャワーで汗と海水を洗い流して館に戻ると、宴の準備ができていた。

「さあさ、みんな、今夜はバルコニーでバーベキューよ」

法子様がおっしゃった。「仕事」は首尾良く行ったらしく、深景は露骨に不機嫌な顔をしていた。っていうか法子がいなかったらナニするつもりだったんだ。浅川はいつも通り飄々《ひょうひょう》としていて内心が読めない。

「法子さん」

廊下で二人きりになった時を見計らって呼び止める。

「んー、何？」

「これあげます」

ビーチで見つけた美しい貝殻を渡す。

「俺の代わりに残ってくれたお礼」

「バッ」と吹き出す。「あんたねえ、気持ちは嬉しいけど、こういうのは渚ちゃんにあげなさいよ」

え？

渚ちゃんにあげなさいよ、ってことは。

「まさか……バレていたのか!?」

「まさかも何も見え見えだからね。本人たち以外はみんな知ってるでしょ」

「たち、ってことはまだ渚にはバレてないんですね。良かったー。あ、法子さんなら、彼女が俺のことどう思ってるかとか聞いてるんじゃないですか」

俺は結構真剣に探りを入れてみるが、弁護士は個人情報を明かさない。

「さー、どうかな。そういうのはやっぱり本人に聞かないと」

本人に聞けってことは脈ありってことなのか？　それとも普通に一般論を口にした

だけか？　うーん、分からん。

「そうか。そうですよね。とにかくその貝殻は法子さんにプレゼントするつもりで取ってきたんですから、ぜひ受け取ってください」

「そーお？　じゃあ、ありがたくいただくわね。うん、きれい」

「ところで例の二人の様子はどうでしたか」

「今のところ何もなし。まー、私がいたからだろうけど。三人でトランプとかしたよ」

数分後、一同は黄昏《たそがれ》のバルコニーに集まった。

肉を焼いて食って焼いて食って食って食う。

渚としゃべろうと思ったが、法子とビッチと話し込んでいて無理だった。ビッチが大学の学部をどうしようか迷っているという話で、渚は文学部とドイツ文学専攻の、法子は法学部の紹介をしている。お前、大学行くのかよ。っていうか、おがさわら丸から下りた時も思ったけど、いつの間にそんなに仲良くなったんだ？

仕方ないので、俺は成瀬とカニバリズムの話などする。

「ちょっと、食事中にそんな話やめてくれる？」

深景が不機嫌そうにアイスピックで氷を砕きながら、いちゃもんを付けてきた。

俺たちは肩を竦めて、首切りの動機が優れた作品ランキングに切り替えた。するとそれも駄目だと言われた。それじゃ一体何を話せと言うんだ。

　空が赤から紫に変わり切った頃、肉は絶滅した。

　今度はみんなで後片付けをした。

　その後は、女性陣と男性陣が交代で、大浴場を使わせていただくことになった。いつも思うが、女からしたらどっちが嫌なんだろう。男が入ったお湯に自分が入るのと、自分が入ったお湯に男が入るのと。ウチの女性陣は前者の方がお嫌いらしく、毎回レディーファーストを主張する。

　そんなわけで女どもが出てきてから入った。

　体を流していると、引き戸がガラガラと開いて、重紀が仮面を着けたまま入ってきた。俺は軽く会釈する。重紀は頷き返し、俺の左隣に座る。

　横で仮面を脱ぐ気配。

　俺は顔の傷を見ないよう、実は少しだけ見てみたいという気持ちもあるが失礼なので絶対に見てしまわないよう、じっと俯いていた。そんな俺の目に皮を被ったペニスが映る。俺のムスコも仮面を着けているのだ。包茎に特段コンプレックスはないつもりだったが、重紀のズル剝《む》けと並ぶと、一流民間企業に就職した大学の同期の手取りを聞いた時のような劣等感が芽生えてくる。右隣に座っている浅川の、同じく皮被りを盗み見て、こんなもんでいいんだと自分に言い聞かせる。

顔を洗い終わると、重紀はまたすぐ仮面を着けてしまった。

風呂から出て、食堂でメタリックに冷えたコーラを飲んでいると、バルコニーに渚が一人きりでいることに気付いた。欄干に寄りかかり、空を見上げているようだ。

チャンス。

俺はゲップをすべて排出してから、窓を開けてバルコニーに出た。渚が気付いて振り返る。びっくりしたようだが、拒否反応はない。風呂上がりの濡れた髪、上気した肌、シャンプーの香りが俺をドキドキさせる。

「隣、いい？」

「はい」

許可が出たので、俺も欄干に寄りかかり、空を見上げる。

「星、きれいだな」

でも君の方がきれいだよ、に繋げるためではなく、本心からの言葉だった。円く切り取られた星空はまるでプラネタリウムだった。

「ええ。高いところにあるもの限定ですが、都会では見えない星座も見えます。あれがへび座で、あれがうしかい座……」

「え、どれ」

「そしてあれがかみのけ座」

「どれだよ！」

渚はクスクス笑いながら言う。

「普通は分からないですよねー。昔の人はよくこじつけたと思います」

「夏の大三角とか、カシオペヤ座ってのはどこにあるんだ」

俺は数少ない知っている星座を挙げる。

「それらは方角が違いますね。でも北斗七星なら見えます。あれです」

渚が指差した先を見ると、確かに他より明るい星が柄杓形《ひしゃくがた》に並んでいる。

「おー、ホントだ。でも渚って星座とか詳しかったんだな」

「兄がそういうのに詳しくて」

そう言う渚の横顔はどこか寂しげだった。

だから、兄の話は初耳だったが、それ以上突っ込んで聞けなかった。

俺は話題を変えた。

「そういえばさー、君も法子さんも、いつの間にビッ……じゃなかった、らいちと仲良くなったんだ。特に法子さんなんか最初あんなに毛嫌いしてたのに」

「あ、そうですね。実は昨夜こんな出来事があったんです」

渚は明るい顔になって語り始めた。

「レストランで沖さんに絡んできた二人組がいたじゃないですか」

「お、おう」

「実は私、飲み会の後一人で廊下を歩いていたら、あいつらに声をかけられたんです」

「何ぃ!?」

くそ、あいつらめ、飲み会の時こっちをジロジロ見てると思ったら、渚に目を付けてやがったのか。許せん！

俺の剣幕にビビりながらも、渚は話を続ける。

「もちろん断って逃げようとしたんですけど、あいつら腕を摑んできて。そこにらいちちゃんが通りかかって助けてくれたんです。『その人、嫌がってるじゃない。嫌がらない女の方がいいでしょ。私みたいに』。らいちちゃんがそう言うと、二人組はふらふらと彼女に付いていきました。ちょっと女として負けた気分ですけど、本当に助かりました。その話を中条さんにすると、らいちちゃんのことを気に入っちゃって」

なるほど、昨夜の出来事はそういうことだったのかー。いい話だなー。

……ん？

待てよ、本当にそうか？

渚を助けたのはいいとして、その後本当に奴らとヤる必要はねーじゃねーか！　本当は自分がヤりたかっただけなんじゃないのか？　勇気を出して助けたはいいけど、その後断り切れなくてなし崩し的に……ってことだったら可哀想だけど、そんなキャラじゃなさそうだし。

「でもらいちちゃん、あの後本当に大丈夫だったのかなー。今朝聞いたら『一杯だけ付き合って適当に逃げた』って言ってたけど」

一杯じゃなくて一発の間違いじゃないのか。

しかし、そうか、渚たちはらいちがガチで連中とヤってたことを知らないんだな。

成瀬を裏切ったことは重罪だが、渚を助けてくれたことに免じて、ビッチ呼ばわりは撤回してやるか……。

「あんっ、あーん」

!?

突如、場違いな喘ぎ声が響き渡った。

らいちが（多分）成瀬とおっぱじめたのだろう。

やっぱりビッチはビッチだった。

「うるせーぞ！」

俺が怒鳴ると、慌てて窓を閉める音が聞こえて、また静かになった。

俺と渚は恥ずかしそうに顔を見合わせた。

「夏だね……」

「はい……」

ムードもへったくれもなくなってしまった。この流れで告白したら、今ので発情したと思われるじゃないか。

泣く泣く渚に別れを告げ、食堂を後にした。

二階に戻ろうと玄関の前を通った時、ガラス戸がわずかに振動していることに気付いた。回転の余韻？　こんな時間に誰か出入りしたのか？　気になり高床に出る。

家の中から漏《も》れる明かりが、迫り来る闇《やみ》をわずかに押し返している。

興奮したような女の声が聞こえてきた。

「……そもそもが間違いだったのよ。児童養護施設育ちの私は昔からみんなに哀れまれて生きてきた。そんな私が家族を亡くしたあの人に会って、初めて哀れむ側になった。それを愛情と勘違いしたのね。そして私はまた哀れまれる側に逆戻り。愛していない男と結婚した女というね」

深景だ。

時々短い相槌《あいづち》を打っているのは浅川か？

二人は家の裏手でしゃべっているようだ。

何て身勝手で上から目線の理屈だろう、とムカつきながら耳を澄ましていたが、聞こえた箇所はたまたま深景が昂《たか》ぶって声を大きくしていただけらしく、その後はほとんど聞き取れなかった。

そのうち話し声が途切れ、土を踏む音に変わる。

二人が戻ってくる！

俺は慌てて邸内に戻った。

疲れているのでもう寝ることにした。歯を磨きに洗面所に行く途中の廊下で、浅川とバッタリ出くわした。浅川は俺が持っている歯磨きセットを見て、

「お、もう寝るのか」

「ええ、何か疲れたので」

「そうか。おやすみ」

「おやすみなさい」

俺たちは平和な挨拶を交わしてすれ違った……はずが、自分でも何を考えたのか分からないが、突然振り返って背後から声をかけていた。

「浅川さん！」

「ん？」

浅川が振り返る。俺は言葉が続かない。一体何を言うつもりだったのか。深景さんと不倫してるんですか、とでも聞くつもりだったのか。

「明日も……みんなで遊びましょう」

苦し紛れに俺は適当なことを言った。だが言ってから、これじゃ今日浅川と深景が海に来なかったことを批判してるみたいだと気付いてパニクった。

幸い浅川は変な顔をせずに普通に「おう」と答えただけだった。内心どのように感じたかは知らない。

俺は洗面所に行くと、歯茎を折檻《せっかん》するかのようにガシガシと歯ブラシを動かした。くそ、何で南国モードなのに、あんなおどおどと人の顔色を窺うような話し方をしなきゃいけないんだ。しかも普段なら抜群の話しやすさを誇る浅川相手に。もっとも島に着いてから、浅川の笑顔はどこか皮相的で底が知れない感じになっている。やはり深景との間に何かがあるのか……。

寝よう。寝てすべてを忘れよう。明日になったら元通りになっているかもしれない。

俺は迷いを振り切るように、流し台に水を吐き捨てた。

部屋に戻り、ベッドにダイブ。夜寝る時はクーラーではなく自然の風派なので、窓は開けたまま。電気を消していれば虫は入ってこないだろう。

肌触りのいい布団に包まれながら、自分と渚のこと、成瀬とビッチとタンクトップパーズのこと、重紀と深景と浅川のことをぐるぐると考えた。

男女関係は面倒臭いし、暴力的だ。なのにみんなそれを求めてやまない。なぜだろう。子孫を残したいから？　承認欲求？　セックスの快楽？　俺は渚に何を求めているんだろう……。

そんなことを考えているうちに、いつの間にか眠ってしまった。

挿話　清水の舞台から飛び降りる

懐中電灯だけが灯りだった。

犯人Xはある人物の寝室にいた。

この時をずっと待ち望んでいた。やっと目的を達成できるのだ。

刃物を持つ手が思わず震える。

無理もない。だが失敗は許されない。慎重に、確実に、やりおおせる。

深呼吸をする。手の震えが止まる。

よし、やるぞ。

Xは刃物を肌に当てて横に滑らせた。皮が裂けて血が滴り落ちる。

「浅川史則」は死んだ。

第四章　焼けぼっくいに火がつく

ブロロロロ……。

音。

俺は目を覚ました。

開けっぱなしにしておいた窓から爽やかな夜気が入ってくる。たった今、ここから何かの音が聞こえてきたような気がする。それで目覚めたのだ。

何の音だったんだろう。

半身を起こして窓の外を見たが、奥行きのない闇があるばかり。

携帯で時刻を確認。午前三時過ぎ。

再び横になるが寝付けない。

本でも読もう。

書き物机のスタンドだけ点《つ》け、食堂と同じく座布団が括り付けられた椅子に腰を下ろし、久しぶりに『島』を開く。

そのうち目が疲れて眠くなってきた。俺はベッドに戻った。

意識がフェードアウトし始めた、ところで。

ブロロロロ……。

またあの音で現実に引き戻された。

さっきから何なんだ一体!?

今度は目が覚めてからも聞こえ続けている。そしてその音はだんだん大きくなる。

音を出す何かが近付いてきている?

そうか……あれはクルーザーのエンジン音だ。

それが止んだ。

こんな遅くに誰かが黒沼家のクルーザーを動かしている？　そして今帰ってきたところだと？　それとも外部の人間が島にやってきたのか？　こんな遅くに？　あるいははたまたまクルーザーで島の側を通り過ぎただけか？　こんな遅くに？　それにもし通り過ぎただけなら、音はクレッシェンドの後、デクレッシェンドに転じたはずだ。しかしそうはならず、だんだん大きくなっていく最中で音が止まった。

やはり内部の人間にせよ外部の人間にせよ、何者かを乗せたクルーザーがこの島に到着したのだ。

こんな遅くに。

——怖い。

南国モードでも怖いものは怖い。だってそいつ何のためにこんな真夜中に船なんか動かしてるの？　メンバーの中にそんなことしそうな奴いないけど、じゃあ外部の人間ってことになっちゃうよ？　絶対まともな客じゃないじゃん、そいつ。

などと草食動物のハートをざわつかせていると、三たび。

ブロロロロ……。

今度の音はだんだん小さくなっていって、最後は夜のしじまに消えた。

ということはクルーザーと謎の人物は去ったのか？

それとも最初から誰もこの島を訪れなどしなかったのだろうか？

……うん、きっとそうだな。

全部考えすぎだったんだろう。たまたま真夜中にこの島の近くを通りかかった船が、何らかの理由で一旦エンジンを切って——。またエンジンをかけて通り過ぎた。

そういうことだったんだ。

なら一回目の音は？

だからそれは——寝ぼけたのだ。

何か自分でも納得できてないが、その後一向に何も起こらないので、一応窓とドアだけ施錠して寝ることにした。

しかし一度張り詰めてしまった神経は安息を許してくれない。

自己流睡眠導入法「羊のコスプレをした渚を数える」も大した効果を挙げず、朝まで夢と現実の狭間《はざま》をふわふわと行き来することとなった。


午前九時、アラームが鳴る……前に自ら解除した。

結局ほとんど眠れなかった。

ズキズキした頭を押さえながらベッドから下りる。

洗面所でうがいをしてから階段を下りたところで、誰かと鉢合わせした。

「あ、羊……」

「え、何ですか」

困ったような笑顔で小首を傾げる渚だった。朝から可愛いものを見られた。今日はいい一日になりそうだ。

「いや、何でもないよ。おはよう」

「おはようございます。目の下に隈《くま》ができてますけど大丈夫ですか」

「ああ、変な音のせいで全然眠れなくてね」

「音？」

「聞こえなかった？　ブロロロロ……ってクルーザーの音」

「いえ、ぐっすり眠っていたので。何時くらいですか」

「三時過ぎかな。聞こえなかったならいい」

渚の髪の毛は濡れていた。朝シャンをしたのだろう。俺もするか。清潔感が大事だからな。女性が男性に求める条件の第一位も清潔感らしい。顔や性格を差し置いてるのがすごい。滅菌室で育った豚なら生でも食えるってわけか。

渚と別れた俺は大浴場に向かった。脱衣所の木製のドアをノックして呼びかける。

「誰かいますかー」

しーん。

俺はドアを開けて脱衣所に入った。

ざざーん。

浴場から水音が聞こえる。男なら一緒に入れるが、女なら引き返さなければならない。性別を確かめるには呼びかけてみるしかない。俺は曇りガラスの引き戸をノックした。

「おはようございまーす。どちらさんですかー」

すると水音が止まり、しばらくしてクスクス笑いが聞こえてきた。

笑い声は「男女」のものだった。

あ、地雷を踏んだ。

「らいちでーす。ナルシーと一緒に入ってまーす。沖さんも一緒にどうですかー」

成瀬のゲラゲラ笑いがその後に続く。

誰が入るか。

「お邪魔しましたー！」

ガラス戸を怒鳴りつけ、すごすごと退散した。

くそっ、朝っぱらからイチャつきやがって。昨夜も散々ヤりまくったんだろうに。バルコニーで聞いた喘ぎ声を思い出して舌打ちする。決して嫉妬してるわけじゃない。渚とのひと時を邪魔されたのが気に入らないだけだから！

しばらく脱衣所前をうろうろして、イチャップルが出てきたら交代で入った。シャワーで全身を流してスッキリすると腹が鳴った。

俺は食堂に向かった。

食堂のドアを開けると、そこにはホテルさながらの豪華な朝食が用意されて……なかった。

渚と重紀と法子と成瀬とビッチが、バリバリと非常用の乾パンを食っていた。

「皆さんおはよう！　どうしたんですか、乾パンなんか食って。飢饉《ききん》ですか」

「すまんな。朝食を作ってくれるはずの妻がまだ起きてこないのだ」

仮面の下からくぐもったしわがれ声が聞こえてきた。

「そりゃ大変だ」

すぐに叩き起こしてください、とは言えないので、仕方なく俺も自分の席に着き、ミネラルウォーターで乾パンを流し込む作業に移った。

しばらくみんなでバリバリやっていたが、深景は一向に起きてこなかった。それから浅川も。

「ちょっと様子見てくるか」

法子が立ち上がった。嫌な想像をしたのだろう。

「俺も行きます」

俺たちは二階に上がった。

「私は深景を起こすから、ケンタローは浅川さんをお願い」

「了解」

俺は浅川の部屋をノックしながら呼びかけた。

「浅川さん、起きてますか、浅川さーん」

しかし返事なし。

ノブを摑んでドアを押してみる。施錠はされてないらしく、すーっと開いた。

「浅川さ――」

言葉は喉の途中で止まった。室内には、
誰もいなかった。

「浅川さん？」

ベッドのシーツには乱れた跡がない。

寝なかった、のか？

念のためクローゼットを開けてみたが、当然そんなところにいるはずもなし。

そういえば荷物もない。確かリュックを持っていたはずだが、それがどこにも見当たらない。

部屋の真ん中で呆然と立ち尽くしていると、ドドドドドという足音とともに女巨人が戸口に現れた。

「深景いない！　そっちは？」

「いません。しかもベッドに寝た形跡がない。深景さんの部屋もそうでしたか？」

「……うん」

俺たちは顔を見合わせた。

「これってまさか駆け落――」

「やめてよ！」

法子がヒステリックに俺の言葉を遮った。

「やめてよ、そんなこと言って本当になっちゃったらどうするの……」

「法子さん……」

法子は両手で頭を抱えている。彼女もまた楽園の崩壊を恐れているのだろう。

「そ、そうですよね。二人とも島内を散策してるだけかもしれないし……」


だがもしそれだけなら、シーツが乱れていないことの説明が付かない――。

普通なら携帯に電話をかけてみるのだが、例の協定で連絡先を知らないのでそれも叶わない。

その時、俺の脳裏に昨夜の音が蘇った。

クルーザーのエンジン音。

まさか！

俺は法子を置いて部屋を飛び出し、玄関の回転扉を体当たり同然に押し開けて外に出る。

船着き場を目指して、丘陵地帯を走り抜け、林道を駆け下りる。

思い込みだ。思い込みであってくれ。クルーザーは普通に泊まっているはずだ。普通に――。

だが、なかった。

船着き場には、クルーザーは影も形もなかったのだ。

「は、はは……」

喉から荒い息とともに乾いた笑い声が漏れ出る。

行っちまった。

行っちまったんだ、あの二人。アダムとイヴみたいにこのエデンから出ていった。

楽園は失われた。

いやでも待て。ちょっとドラマチックに考えすぎてるんじゃないのか。買い出しだ。朝起きたら食材が足りないことに気付いて。一人だと荷物が重いから仲のいい浅川を誘って、クルーザーで父島に買い出しに行った。そうだ、きっとそうだよ、単にそういうことなんだ、そうに違いない、そうであってほしい、頼むそうであってくれ！

だが、シーツの件は？

それは——二人とも几帳面《きちょうめん》だから起きた後、ホテルマン並みのベッドメイキング技術を披露しただけなんだよ！

だがその楽観的自己暗示は、穴熊館に戻るなり打ち砕かれた。

法子が暗い顔で玄関に立っていた。

「どこに行ってたの」

「いや昨夜クルーザーの音を聞いた気がしましてね一応船着き場を見に行ったらやっぱりクルーザーはなかったんですが何も不思議なことはなくてきっと二人で買い出しに」

「もういいわ」

斧のように鈍く重い声が俺の言葉を断ち切った。法子のこんな声を聞くのは初めてだった。

「もういい、って……？」

「さっきは気付かなかったけど、深景の部屋の机の上にこんなものが置かれてたの」

俺は法子から一枚の便箋《びんせん》を受け取った。それには女性的な字でこんなことが書かれていた。

重紀さん、ごめんなさい。でももう限界です。浅川さんと新しい生活を始めます。みなさん、こんな私たちをどうかお許しください。

深景

Verweile doch! Du bist so schön.

最後だけ筆跡ががらりと変わっているようにも見えるが、一方は普通に書いた和文、他方はサイン調の欧文のため、何とも言えない。

「これ、何て書いてあるんだ。英語じゃないのは明らかだが……」

言ってから早坂吝の『島』を思い出した。

Die Insel。

どことなく雰囲気が似ている気がする。

「もしかしてドイツ語？　なら渚が訳せるかも」

「そうかもね。でもそんなの訳したって意味ないいんじゃない。言わんとしていることは前半を読めば一目瞭然でしょ」

「確かに……」

しかし、三年にもわたる結婚生活に終わりを告げる言葉がたったこれだけとは……。

俺はとてつもない空しさに襲われた。

「とにかく、みんなに知らせないと。一緒に来てくれる？」

「もちろん」

本当は行きたくなかった。

重紀にどんな顔して説明すればよいのか。

だが法子だけに重荷を背負わせるわけにはいかない。

俺たちは食堂に戻った。

「どうしたんです。二人はまだ起きてこないんですか」

成瀬が呑気に聞いてくる。

「二人はもう現れないわ」

法子が言った。鼻声だった。まずい、今にも決壊しそうだ。

全員が彼女の異変に気付いたらしく、食堂の空気が変わった。

「それはどういう意味だね」

重紀が鋭く質問を飛ばした。

今の法子にこれ以上負荷をかけるわけにはいかない。彼女が口を開くより早く、俺は事態の説明をした。

「そんな……」渚は今にも貧血を起こしそうなほど青ざめていた。

「何て自分勝手なんだ！」成瀬、確かにお前の自分勝手さが可愛く見えるよ。

ビッチはビッチなりにショックを受けたのか、ぼんやりとあらぬ方に目をやっている。

そして最も気がかりな重紀は――仮面の下で沈黙を保っていた。

それにつられて重苦しい沈黙が続く。一秒、二秒、三秒……。

破ったのは成瀬だった。

「あれっ、でもそしたら今僕たちこの島に閉じ込められてるってことになるのか？」

え？

あ、本当だ。

駆け落ちという衝撃的な事実にだけ気を取られていたが、そういえばクルーザーを使われてしまっている以上、俺たちには交通手段がないのだ。当たり前だが、父島まで泳ぐのは絶対に不可能である。いくら南国モードでも無理なもんは無理。

人生初のクローズドサークルか。でも全然嬉しくない。

「まあ、警察に電話すれば船を出してくれるだろうが……」

「電話と言えば、深景さんの携帯に電話してみたらどうですか」

俺は提案した。深景の番号なら当然重紀が知ってるはずだ。だが重紀は「どうせ繋がらん」と投げ遣りに答えただけだった。そう言われたら口を閉ざすしかない。

念のため成瀬にブログを確認してもらったが、やはり二人からのメッセージはないそうだ。

途方に暮れていると、ある人物が口を開いた。

「大体あの二人、この後どうするつもりなのかな。おがさわら丸の次の出航って、私たちが帰りに乗ろうとしている二日後のやつでしょ。それに乗るなら、どうしたって私たちと鉢合わせしちゃう。私たちがタラップのところで待ち伏せしてるかもしれないわけだし」

　この冷静な考察をしたのは意外にもビッチだった。岡目八目というやつか。

　成瀬がそれに応える。

「しばらく父島に潜伏して、次の便はやり過ごすつもりなんじゃないかな。我々もいつまでもこっちにいられるわけじゃないし」

　バン、とテーブルを叩く音。

　法子だった。

「今すぐ警察に電話して父島に渡りましょう。そして二人を探すの。どんな事情があるにせよ、こんなやり方絶対に間違ってる。やめさせなきゃ」

「あのクルーザーは」

　重紀の抑制されたしわがれ声が、激情に駆られた法子の声を抑え込んだ。

「意外と長距離航行ができるのだ。伊豆諸島で適宜補給しながら本土に向かうということも不可能ではないだろう」

「なら尚更通報です！」

　法子がまたワッとなった。

「深景が持っている小型船舶免許は確か二級で、海岸から何海里以内の海域しか航行してはいけないと決まっていたはずです。明確な法律違反なので、警察も本腰を入れて捜索してくれるかもしれません」

「あるいはそういうやり方もあるかもしれんな。だが私は、深景が行きたいと言うのなら行かせてやろうかと思うんだ」

「でもっ」

「それに、私は疲れた。本当に疲れたのだ。今は何も考えたくない。しばらく放っておいてくれ」

重紀は抑揚のない口調で言うと、呆然と突っ立っている俺の横を通り過ぎて、食堂から出ていった。

彼を止めることなど誰にもできなかった。

自分の運転で妻子を亡くし……、その罪を償《つぐな》うかのように孤島に閉じ籠り……、ようやく見つけた妻と同志に裏切られ……。我が身に置き換えて想像しただけで自殺したくなるようなどん底にいる男に、誰が救いの手を差し伸べられるというのか。

なあ、浅川さん、深景さん。本当にこんなやり方しかなかったのか？　他にもっとマシな方法があったんじゃないのか？　はっきり言って、今、俺はあんたらを恨んでます。

たのだろう。

今、あんたらは幸せですか？

「ごめん、私も」

そう言って法子も去った。重紀を追ったのではなく、彼女もまた一人になりに行ったのだろう。

後には俺、渚、成瀬、ビッチの四人が残された。

「警察への電話はどうするんだ」

苛立《いらだ》つ成瀬に、俺は答える。

「とりあえず様子見でしょう。水や食糧は充分にあるし。みんなが冷静になってからもう一度話し合いってことで」

「そうですね」

渚も同意してくれる。

「ところで、このヴェア……ヴェアウヴェイレってどういう意味なのかなー」

ビッチが場違いに間延びした声で、Verweile doch! Du bist so schön. の検討を始めた。彼女なりにいろいろ考えようとしているのかもしれないが、野次馬根性なんじゃないかとも勘繰ってしまう。

「これは多分ドイツ語じゃないか、勘だけど」

成瀬が俺と同じ意見を述べる。

「ドイツ語。ということは小野寺さん、訳せますか」

ビッチに振られた渚は困った顔をして、

「辞書がないとさすがに……」

「ああ、そっか。そりゃそうですよね」

「ドイツ語の辞書なら応接間の本棚にあったような気がするぞ」

成瀬は立ち上がり、食堂と一続きになった応接間の方に移動する。俺たちもその後に続く。

読む用というより飾る用の重厚な本がぎっしりと詰まった本棚。成瀬はその前にしやがみ込み、一番下の段を探る。

「確かこの辺に……おっ、あったあった。ドイツ文学専攻の小野寺さんがいるから印象に残ってたんだ」

成瀬はその分厚い辞書を応接間のガラステーブルの上で開いた。

渚はしばらくページを行ったり来たりしていたが、やがて顔を上げてこう言った。

「直訳ですが……『しかしとどまれ！　あなたはとても美しい』ぐらいの意味だと思います」

「しかし……」「とどまれ？」「あなたはとても美しい？」

俺たちはその言葉を反復するが、まったくもって意味が分からない。

「あなたはとても美しい……ってのは、やっぱり浅川さんが深景さんに言ってるのかなー」

「なるほど、それで筆跡が違うんだな。深景が日本語で書いた後、浅川さんがドイツ語で書き足したわけだ。キザなあの人がやりそうなことだぜ」

「その部分はそうだとして、『とどまれ』ってのは何に対して言ってるんですかね」

「こんなこと書くくらいなら思い留まってほしかったな」

成瀬の軽口はビッチを軽く笑わせるに留まった。

「『しかし』というのも何が『しかし』なのか気になるな」

「あ」と渚が注釈を入れる。「dochという単語にはいろんな意味があって、とりあえず『しかし』と訳しましたが、他の意味かもしれません」

「なるほど……結局これだけじゃよく分からないですね。何かの引用かもしれないし」

「大体、本当に伝えたいことがあるなら日本語で書けばいいんだよ。それをこんなドイツ語で書いて自己満足なんだよ、何もかも……」

成瀬が吐き捨てるように言った。その一言で、謎のドイツ語解読でわいのわいのやって一瞬現実を忘れることができていた俺たちも、また暗い空気に逆戻りした。

これ以上話していても仕方がなかったし、話す気分にもなれなかったので、俺たちは解散した。書き置きはみんなが集まる食堂に置いてても不快さを撒《ま》き散らすだけなので、深景の部屋の机の上に戻しておいた。

俺は自分の部屋に戻った。

不愉快な熱気が籠っていたので、窓を開けて逃がす。クーラーは換気が済んでから点けよう。

ベッドに寝転がって、藁葺きの屋根裏を睨みながら、ぼんやりと風の音に耳を傾ける。

今は当然クルーザーのエンジン音は聞こえない。昨夜のあれが最初で最後の警告だったのだ。俺はそれを聞いていながら、眠いから、怖いから、動こうとしなかった。

一回目の音がした時に様子を見に行っていればもしかしたら——。

ん、一回目？

そうか、突然の出来事に意識を奪われてつい忘れていたけど。

昨夜、音は三回したんだったな。

そして音量の変化から考えて、二回目は島に近付いてくる時の音、三回目は島から離れていく時の音だった。

おかしい。何でそんなに行ったり来たりした？

普通に出ていくなら、島から離れていく時の音一回で済むはずだ。

忘れ物を取りに戻った？

いや、違う。一回目と二回目の間には本を読むくらいの時間があったが、二回目と三回目はほとんど間髪入れずだった。これでは忘れ物を取りに戻る時間がない。船着き場に何か忘れたということなら話は別だが……。

おいおい、これは変だぞ。ちょっと真剣に考えてみよう。

二回目が本当に戻ってきた時の音で間違いないなら、一回目は島を出ていった時の音だということになる。クルーザーが二艘ない限り。

すると、

出港↓（約二十分）↓帰港↓すぐ出港

という流れになる。これより前はぐっすり眠っていたし、これより後は窓を閉めてしまったので分からない。

なぜ戻ってきた？　なぜまたすぐ出ていったんだ？

俺は考えた。そして一つの恐ろしい可能性に思い至った。

まさか——。

駆け落ちじゃない？

仮の話だ。仮に駆け落ちじゃなかったとして、俺の大好きな推理小説によくある「実は二人とも殺されてる」ってやつだったとして。

それで辻褄《つじつま》が合ってしまうのだ。

犯人は深夜に二人を殺害。犯行現場は二人の寝室か？　いや、死体を運ぶ手間を考えると船着き場だろう。殺害後、死体と荷物をクルーザーに乗せ、沖合に沈めに行く。それが済むとまた戻ってくる。クルーザーが残っていたら駆け落ちに見せかけられないから、アクセルを固定した状態で飛び降り、無人の船を夜の海に発進させる。船着き場は島が一切ない方角を向いているので、やがて燃料が尽きた船は大海原のど真ん中で止まり、よほど運が悪くない限り発見されない。万が一発見されたとしても、心中したと思わせることだってできる。

この通りの手順を踏めば、昨夜のような音の聞こえ方になるはずだ。

……いやいやいやいや、それこそ推理小説じゃあるまいし。駆け落ちどころの話じゃないんだぞ？　殺したとか、殺されたとか、そんな概念が俺のリアルライフに登場するわけない。大体誰が、何のために殺すんだ？

あり得ない。

頭ではそう考えた。だが、なぜだかさっきから胸騒ぎが止まらないのだ。心のどこかで俺は今の推理を真実だと感じている。

確かめなければ。

ベッドから飛び起きた。

犯行現場はおそらく船着き場だろう。だが念のため浅川と深景の寝室も調べておく。さっき確認した通りベッドの乱れはなし。シーツや床をじっくりと観察したが血痕もなし。犯人が拭き取っただけかもしれないが、やはり船着き場が本命だろう。

俺は館を出て、船着き場に行った。もちろんクルーザーが戻ってきているなどということはない。

それより殺害現場だ。茂みの陰……岩の間……どこかに不審な痕跡はないか。血痕や足跡、何かを引きずった痕など……。

だがそれらしいものは見つからなかった。

犯人が念入りに痕跡を隠したのか。

それとも単に俺の探し方が悪いだけか。

あるいは、そんな痕跡なんか最初から存在しないか。

――そうか、そうだよな。

存在しないんだ。

殺人なんてミステリマニアの俺の妄想に過ぎなくて、クルーザーの音も偶然あんな聞こえ方になっただけで、本当のところはやっぱり単純な駆け落ちなんだろう。駆け落ちは最低の裏切り行為だが、殺人よりずっとマシだ。殺人だったら内部犯に決まってるんだ。知り合いが知り合いを殺したなんて絶対耐えられない。

そうだそうだ駆け落ちなんだ。

大体殺人だとしたら書き置きは犯人が捏造《ねつぞう》したことになるが、筆跡はどうする？推理小説では簡単に「筆跡を真似て」とか言うが、実際はそんなに上手く行くもんじゃない。俺も昔、区民に提出させた書類に単純な記入漏れがあり、一度返却したら二度と提出されそうになかったので、自分で筆跡を変えたつもりでこっそり加筆したら、後で課長から「君の字は特徴的だから他の人に頼んだ方がいいよ」と耳打ちされてしまったということがあった。

だから俺たちはともかく、一緒に暮らしていた重紀の目を欺《あざむ》けるわけ――ん、そういえば俺は深景の筆跡を知らない。知っているのはもしかして重紀だけか？　ならば重紀さえ口を噤んでいれば――早い話が彼が犯人なら――いや、もう人の不幸をネタにして遊ぶのはやめよう。

これは殺人なんかじゃない。ただの駆け落ちなんだ。俺にできるのは推理なんかじゃなく、ただただザッツトゥーバッドな顔でやり過ごすことだけなのだ。

ぐう。腹の虫が同意する。そういえば朝から乾パンしか食ってない。胃の中はきっとおがくずみたいにスカスカだろう。

俺はエサを求めて穴熊館に戻った。

食堂に行こうとしたところで、二階から下りてきた渚と出くわした。

「あ、沖さん、ちょうどいいところに。乾パンだけじゃアレだから、ありあわせのもので何か作ろうかって、らいちちゃんと話してたんですよ」

「おお、そりゃありがたい。でも君はともかく、らいちは意外だな。あいつ料理とかできんの」

「らいちちゃんも女の子ですから」

そう言ってニッコリと笑う。

「それで何が食べたいかみんなに聞いて回ってるところなんですよ。中条さんには食欲がないからいいって言われちゃいましたが……」

「そうか……。重紀さんは大丈夫なのか？」

渚は暗い顔を無理やり明るくして、

「はい、食べるって。だから腕によりをかけなくちゃ。それで沖さんは何が食べたいですか」

「うーん、冷たくてつるっとしたものがいいな。ソーメンとか」

「あ、成瀬さんと同じですね。重紀さんは何でもいいって言ってたから、ソーメンで決まりですね」

「成瀬さんもソーメン派か。何だかんだであの人とは好みが合うからな。推理小説とか」

「じゃあ、らいちちゃんのことも好きなんですか」

いたずらっぽい目で突拍子《とっぴょうし》もないことを言い出した。

「えっ」

一瞬、初日の夜に見た、渚がらいちに変身する夢が脳裏をよぎる——。

「いや、それはない」

冗談めかして即答したが、果たして即答になったかどうか。

大体俺はなぜ動揺してるのか。俺が好きなのは渚であって、ビッチなんて何とも思っちゃいないはずだ。はずって何だ。何とも思っちゃいないのだ。

好きな女にいきなり他の女を好きなんだろうと言われてびっくりした——ただそれだけの話だ。

「じゃー……沖さんはどんな女性がタイプですか」

「えっ」

そりゃあ——君さ。

昨夜のバルコニーでならそう言っていた。

だが今の状況下でそんな浮ついた台詞は口にしたくない。

「ソーメンみたいな女性だな。つーかソーメンそのものだな。早く俺にソーメンを食わせろ」

茶化してお茶を濁すと、渚は吹き出して、

「分かりました。台所にあったので作りますね、ソーメン。できたら呼びに行きます」

「ありがとう。部屋にいるから」

俺は逃げるように階段を上がった。

一瞬、法子の部屋をノックしようかと思ったが、やめた。俺が行っても何の助けにもならない。各々が自分自身で解決するしかないのだ。俺だってまだ全然解決できていない。

おとなしく自分の部屋に戻って、渚が呼びに来るのを待った。

約一時間後、渚が呼びに来た。

それから二人で重紀を呼びに行った。出てきた重紀は「すまんな」とだけ言って俺たちに加わった。俺は何か励ましの言葉をかけようかと思ったが、何を言っても逆効果になる気がして言えなかった。

俺はそのまま法子の部屋の前も通過しかけたが、渚に呼び止められた。

「待ってください。もう一度中条さんに声をかけてみたいんです」

「あ、ああ、そうだな。後で『何で全部食べたの！』って怒られても困るもんな」

俺は軽口を返しながら、内心では自己嫌悪に駆られていた。「各々が自分自身で解決するしかないのだ」なんてカッコつけてたけど、実際は傷付いた心に触れて自分も傷付きたくなかっただけじゃないか。結果、渚に嫌な役回りを押し付ける形となってしまった。彼女は俺なんかよりずっと優しくて勇気がある。

渚は法子の部屋のドアをノックして、意志を込めた声で呼びかけた。

「中条さん。ソーメンができました。やっぱり一緒に食べませんか」

ドア越しに力のない声が返ってくる。

「渚ちゃん、気を遣ってくれてありがとう。でも今は……」

重紀が一歩前に踏み出して声を発した。

「私だ。黒沼だ。君が気に病むことはない。食べないと体に毒だから出ておいで」

やや間があってから、法子が答える。

「そうですよね。一番つらいのは重紀さんですもんね。それなのに私を気遣ってくださってありがとうございます。でも今は本当に物が喉を通る気がしないの。ごめんなさい」

「……そうか、分かった。食べたくなったらいつでも下りてきなさい」

「はい。渚ちゃん、せっかく作ってくれたのにごめんね」

「いえ、私のことは気にしないでください」

「行こうか」

重紀は俺たちの方を振り返って言った。

俺たち三人は階段を下りて食堂に行った。成瀬はもう席に着いていて、らいちが配膳をしていた。

ぶっちゃけソーメンじゃ料理の腕前とか分かんないなと思ってたが、玉子焼きと、ワカメとキュウリの酢の物がセットで付いていた。玉子焼きはビッチが、酢の物は渚が作ったらしい。うーん、家庭的。

「こりゃ美味い！　美味いよらいち！　元気が出る味だ！　さすがらいち！」

成瀬はビッチの玉子焼きばかりを褒《ほ》める。そりゃ美味くないことはないが、それじゃまるで渚の酢の物が不味《まず》いみたいだろ。俺は負けじと渚を褒める。絶妙な酸っぱさが夏バテに効く云々《うんぬん》。

みんな腹ペコだったらしく、器はあっという間に空っぽになった。

「ふう、食った食った」

「何だか甘いものが食べたくなってきたなあ……。あ、作れって言ってるんじゃないよ」

「それがですねー、あるんですよ、甘いもの。ね、らいちちゃん」

「えへへ、私が作りました」

「お？」

「何だ何だ？」

ビッチがキッチンに消える。冷蔵庫を開ける音、そしてザシッザシッと霜柱を踏み砕くような音。何事かと成瀬と二人で見に行くと、タッパーに詰まった乳白色の氷をアイスピックで砕いているところだった。

「何それ」

「はちみつミルクのグラニテ」

「グラニテ？」

「フランス料理のデザートで、シャーベットよりも氷の粒が粗くてシャリシャリしてるのが特徴です」

「なるほど、それでアイスピックで砕くんだ」

「はい。なければフォークとかでも代用できますけどね。いろんな味にできますけど、今回は牛乳とはちみつを凍らせてみました」

ビッチは砕いた氷をガラス容器に盛り付けていく。俺たちはそれを食卓に運んだ。

「わー、美味《おい》しそう！」

渚が弾んだ声で言う。

「どれどれ」

俺はスプーンですくって口に運んだ。

おおう、これは……。

優しい甘さの結晶が口に入れた途端にバラバラと崩れていき、口内ダイヤモンドダスト。この派手だが儚《はかな》い食感は、確かにシャーベットには真似できない。グラニテとやらのアイデンティティだ。

ビッチめ、こんな洒落たデザートを作るとは。

よし、分かった。認めよう認めましょう。今からお前はビッチじゃなくてらいちだ。

「美味いよ、らいち」

褒めてやると、らいちは顔を輝かせて喜んだ。まあ基本的にはいい奴なんだよね。ただちょっと尻が軽すぎるだけで。

「ごちそうさま」

「夕食も作ってくれよー」

成瀬が図に乗り始めた。夕食は俺たちが作るよ、ぐらい言えよ。まあ自炊がてんでダメな俺も偉そうなことは言えんが。

らいちは嫌な顔一つせず「いいよー」と答える。いつも成瀬のエサを作ってやっているのだろうか。

「レトルトのカレーがあったからそれにしようかと思ってる」

「おお、カレー、いいね」

「沖さんは？」

「俺は作ってもらう立場だから何でもいいよ」

らいちに振られた俺は、成瀬への嫌味も込めてそう言ったが、当の本人には通じなかったようだ。

「ご飯炊くだけだから小野寺さんは手伝わなくてもいいですよ」

「そんな、手伝うよ」

「じゃあ炊飯器のスイッチを二人で押しましょうか」

らいちがジョークを言って久しぶりに笑いが起きた。重紀も笑っていた。俺は心底良かったと思った。

その後、俺たちはみんなで後片付けをした。

アイスピックを洗う際に、木目風に塗られた握りの部分に、白い糸のような傷が付いていることに気付いた。それをネタに、

「見ろ。らいちが強くやりすぎたせいで傷が付いたぞ」

とイジると、らいちは頰を膨らませて抗議した。

「元から付いてたもーん」

片付けを終えて食堂を出る時、ふと柱時計が目に入った。

十二時半だった。

挿話　壁に耳あり障子に目あり

「神の視点」という言葉がある。小説の書き方としての三人称の一種であり、まるで全知全能の神が物語を叙述しているかのように、複数の登場人物の心情を同時に描いたり、どの登場人物も知らない情報を明かしたりすることができる。

この章の視点を「神の視点」と呼んだら、さすがに不敬が過ぎるだろうか。しかし筆者は無神論者ゆえ、この便利な言葉を使わせていただく。

この神は道祖神《どうそじん》のように動かない。そのため視点は固定されている。穴熊館がある窪みの縁に立ち、目線を水平に保っている自分を想像してみてほしい。それが神の視点である。穴熊館そのものはまったく見えない代わりに、窪みに出入りする人間がいたら、必ず神の瞳に映るようになっている。普通に螺旋状の坂道を通った場合でも、ロープなどで崖を上り下りした場合でも。

神はこの日の午前八時に生まれた。叙述トリックを疑う向きのために補足しておくと、この日とは第四章から始まるオフ会三日目のことである。

午前九時五十分。窪みの縁から人間の頭が覗く。徐々に全身が見えてくる。我らが主人公、沖健太郎くんが坂道を上ってきた。そのまま視界の外に消える。浅川と深景の部屋がもぬけのからになっているのを見て、昨夜のクルーザー音を思い出し、船着き場を見に行ったのだ。このくだりは第四章ですでに記述したところである。

午前十時。沖くんが戻ってくる。

午前十時半。またまた沖くんである。これも第四章に既出の、船着き場近辺に殺人の痕跡がないか調べに行ったシーンである。

午前十一時。沖くん戻る。

その後、館を出入りした人物と時刻は次の通りである。

午後三時、沖外出。

午後三時二十分、小野寺外出。

午後三時半、成瀬外出。

午後三時三十五分、中条外出。

午後三時五十分、中条帰館。

午後三時五十五分、仮面の男——正確を期すため敢えてこう表記する——外出。

午後四時、沖・小野寺帰館。

午後四時十分、仮面の男帰館。
ここまで、どの人物も神の目に映る範囲では何も所持していなかった。
午後五時、沖・小野寺・中条・らいち・仮面の男が慌てた様子で外出。
午後五時二十五分、雨が降り始める。
午後五時半、沖・小野寺・中条・らいち・仮面の男が全力疾走で帰館。
午後六時、神はその目を閉じた。
はて、成瀬が戻ってきてないね？

第五章　虎穴《こけつ》に入らずんば虎子《こじ》を得ず

昼食後、俺は部屋に戻って本を読んだり携帯を見たりしていたが、三時頃にあることを思い付いた。

殺人でも駆け落ちでもない第三の可能性。

それは——ドッキリ。

いや、全然笑えないよ。万が一重紀もグルだったとしても全然笑えないが、それでもまだ殺人よりはあり得るのではないか。

ジョーク目的じゃなくても、何らかの意志を持って島に潜伏している可能性はある。

もしそうだとしたら、それはきっと良からぬ目的なのだろうが、たとえそうだとしても。

俺は生きている二人に会いたかった。

結局それがすべてなのだろう。

よし、行こう。船着き場だけじゃなく、島全体をしらみつぶしに探してやる。

アウトドアに行く際にいつも愛用している、ハッカ油と消毒用エタノールを水で割った自家製の虫よけスプレーを全身に散布し、出発する。

螺旋状の坂道を上って、窪みの外に出る。

この島に俺の知らない場所はない。

考えろ、俺ならどこに隠れる……？

洞窟。

林の中に天然の洞窟があったことを思い出した。あそこなら隠れ家にうってつけだ。俺はまずそこに行ってみることにした。

っていうか日差しがヤバいから早く林の中に入ろう！

俺は殺人光線が降り注ぐ丘陵地帯を駆け抜け、ほうほうの体《てい》で林に逃げ込む。木々で日光が遮られると、途端に体が軽くなったように感じ、背筋も伸びる。光って絶対重さあるよなー。

しばらく歩いていると、目的の洞窟が見えてきた。

俺はスパイ映画のように入り口脇に張り付き、そーっと顔を出して中の様子を窺った。

洞窟は奥行き三メートルほどで曲がりくねってもいないので、木漏れ日だけでも奥まで見渡せる。

誰もいなかった。

ふう、と一息つく。

他、人が隠れられそうな場所……。

ビーチ脇の倉庫兼シャワールーム、昔の島民が作った井戸、丘陵地帯に無数に存在する窪み。どこにもいねー。俺の動きに合わせて向こうも移動しているのではないかと、突然振り向いたり走り出したりもしてみたが、いずれも一人相撲《ひとりずもう》に終わった。

やっぱり駆け落ちなのか……？

そう思いながら林の中を歩いていると、

「あ」

成瀬とバッタリ出くわした。

「どうしたんですか」

「散歩だよ、散歩。気が滅入っちゃってさ。沖くんは？」

「浅川さんと深景さんを探してました。駆け落ちっていうのは嘘で、本当は二人ともまだ島内にいるんじゃないかって思って」

「……探しても無駄だよ」

決め付けるような言い方に、少しムッとして言い返す。

「どうしてですか」

「どうしてって……そりゃ、君、書き置きがあったんだからさ」

何だか歯切れが悪い。

——まさか。

「成瀬さん、何か知ってるんですか」

「な、何で僕が知ってるんだよ。馬鹿なこと言うな」

成瀬は相変わらず挙動不審だ。だがこんな状況じゃ平静でいられる方がおかしいか。成瀬が何か隠しているとは限らないと思い直す。

すると成瀬が唐突にこんなことを言い出した。

「沖くん、君、一番好きなダイイングメッセージものの作品は何だ」

「何ですか、いきなり」

俺は笑ったが、成瀬は真剣な表情だ。

「いいから」

謎の気迫に圧《お》された俺は、少し考えてから答えた。

「ダイイングメッセージの偽装を元に犯人を限定するとか結構好きですけど、純粋なダイイングメッセージとしての面白さとはまた違う気もするんで、そういうのを除外して考えると……」

俺は作品名を一つ挙げた。

成瀬は真顔を緩めた。

「ああ、あれはいい作品だ」

「成瀬さんの一番は何ですか」

「そうだなあ……。いや、実はさっき面白いダイイングメッセージネタを思い付いてね。もちろん古今東西のミステリの中で一番だなんて驕《おご》っちゃいないけど」

「へえ、どんなネタですか」

成瀬はニヤッと笑った。

「口で言っちゃあ面白くない。機会があればお見せするよ」

「お見せする……ってことはまさか書いてるんですか、ミステリ。ぜひ読ませてください」

「機会があればね」

成瀬は片手を上げると、林の奥に歩いていった。

知っている人が書いた作品を読むのは、有名作家の作品を読むのとは、また違った面白さがある。

俺は彼の背中を見送りながら、「機会」よ早く来いと思った。

その後も島内の捜索を続けたが、誰も何も見つからなかった。

そのうち空模様が怪しくなってきた。風が強く、水平線に黒い雲がたむろし始めている。こりゃ嵐になるかもな。小笠原高気圧圏内の小笠原諸島で夏に天気が崩れるのは珍しい。少なくとも俺は初めてだ。

降り出す前に帰ろうと崖沿いの道を急いでいると、

「沖さーん」

背後から名前を呼ばれた。振り向くと、渚が海辺からの坂道を上ってくるところだった。

「何してるんですか」

「浅川さんと深景さんを探してた。あの書き置きは嘘かもしれないって思って。渚は？」

「私も同じです。二人を探してました」

俺はちょっと驚いた。

「ってことは渚も駆け落ちじゃないって考えてるのか？」

「考えてる、なんて大層なものじゃありません。私はただ、どこかから二人がひょっこりと現れて、全部嘘だったんだよって言ってくれないかなって、そう願ってるだけです。あまりにも出てくるのが遅いので、こっちから探しに行っちゃいましたけど。でも、どこにもいませんでした。やっぱり駆け落ち、なんでしょうね」

ウンともスンとも言いかねていると、

「沖さんには何か確信が？」

核心を突いてきた。

「いや、俺も渚と同じ、ただの願望だよ」

俺は誤魔化《ごまか》した。まあ実際俺もほとんど願望のようなものなのかもしれないが。

唯一の手がかりであるクルーザー音のことは言わないでおこうと思った。むやみに怖がらせたくない。

渚は不穏な海の方を見て言った。

「今、二人はどこにいるんでしょうね」

「父島に潜伏してるか、それか果敢にも太平洋縦断クルージングにチャレンジしてるなら……どの辺りだろうなあ」

「天気予報で、夕方から夜にかけて大荒れになると言っていました。心配です」

「ああ、そうだな。俺たちも雨が降る前に戻ろう」

俺たちは穴熊館に戻った。

道中ほとんど会話はなかったが、一度だけこんなことを話した。

沈黙に耐えかねてってわけじゃなく、純粋に人の意見を聞いてみたくてこんな質問をした。

「もし――もし君が深景さんの立場だったとして――仮定の話だぞ――重紀さんからひどい仕打ちを受けて苦しんでいる時に、好きな男が手を差し伸べてきたら、駆け落ちするか？」

渚は割とすぐに答えた。

「しないと思います」

「それは、周りに迷惑がかかるとか、そんな理由？」

「いえ。私は多分、一緒に逃げたいと思えるほど、誰かを好きになれない」

その声はわずかに震えていた。俺はそれに気付かないふりをして聞く。

「どういう意味？」

「私にはやりたいことや欲しいもの、夢とか情熱とか、そういったものが一切欠けてるんです。だからすべてを捨ててまで誰かと一緒になりたい――そんな気持ちを羨ましいと思います」

「羨ましい？」

「あ、羨ましいとか不謹慎ですよね。ごめんなさい……」

俺は何も言ってないのに、渚は勝手に勘違いして謝った。

俺には渚の言うことはよく分からなかった。

そもそも俺は渚をそんな風な人間として見たことがなかった。こんなオフ会にわざわざ参加する奴に、やりたいことがないわけないだろうに。

しかし何となくそのことを言えないでいるうちに、穴熊館に着いていた。

自分の部屋に戻った後は、また本を読んだり携帯を見たりして過ごした。雨音はまだ聞こえてこない一方で、風はだんだん強さを増し、窓ガラスをガタガタと揺らしていた。

ガタガタ、ガタガタ、ガタガタ。

コン。

ん、何だ？

今、風じゃなくて固体が窓にぶつかったような音がしたが。

石が窪みの上から吹き飛ばされてきたか？　危ない危ない。窓が割れませんように。

俺は意識を携帯の画面に戻した。しかし三十秒くらい経ってから――。

コン。

まただ。

誰かが窓に石でも投げてるのか？

俺は窓の側に行き、カーテンの隙間から外を見た。誰もいなかった。思い切って窓を開けて左右を見たが、人影はなかった。

俺は窓を閉めて机に戻った。それっきり窓ガラスはガタガタとしか鳴らなくなった。


そして、午後四時四十五分——。


「誰か来て！　変なの！」

廊下でらいちの声がした。

ドアを開けると、いつも能天気ならいちが珍しく深刻な顔をしていた。

渚、重紀、法子も各部屋のドアを開けて、怪訝そうな顔を覗かせていた。

「どうしたんだ」

代表して俺が聞くと、らいちはこう答えた。

「家中探したけどナルシーがどこにもいなくて」

「成瀬さんならさっき外で散歩してたけど、まだ戻ってないのか」

「そうみたい。あと、食堂とナルシーの部屋が変なんです」

「変って？」

「口で説明するより、実際に見てもらった方が早いです。とにかく来てください」

らいちがあまりにも真剣だったので、俺たちは全員で一階に下りることにした。ずっと引き籠っていた法子も付いてきた。随分やつれて巨人性が失われているが大丈夫だろうか。

「まずは食堂です」

らいちがドアを開けた。俺たちは中に入った。

途端に焦げ臭い匂いが鼻を突いた。

バルコニーに続く窓が開け放たれ、換気扇まで回っているにもかかわらず、室内には異臭が漂っていた。

「何だ、この臭い。料理ミスったか？」

「私じゃありません。炊飯器のスイッチを入れようと思って来てみたら、こんなことになってたの。電子レンジの中を見てください」

俺たちはキッチンの方に行った。焦げ臭さが強まる。

電子レンジの扉は開いていた。

内壁の一部が焦げ、底面には煤《すす》が散らばっている。その中心に黒くて四角いものがあった。

何だあれは？

人体の一部、とかではない。

機械のようだが……。

「まさかあれ携帯じゃ」

最初に気付いたのは渚だった。

そう言われてみると確かに携帯だ。

だが。

「何で携帯が電子レンジの中なんかに」

法子がイラついたように言った。あまりにも理解不能な出来事は人を怒らせる。

「おい、まさかレンジで携帯を急速充電できるっていうデマを信じたんじゃないだろうな」

俺は場を和ませようとジョークを言ったが、ジョーク用の声が出なかった。それだけ異様な出来事だった。

「だから私じゃないですって。それ、ナルシーの」

ん、成瀬のはホワイトじゃなかったか？

一瞬そう思ったが、よく見たらホワイトが焦げてブラックになっているのだった。

マイクロ波を照射され、内部から爆発を起こしたのだろう。液晶画面は粉々になり、部品らしきものが煤に紛れて散乱していた。試すまでもなく再起不能だった。

「君が見つけた時はもうこんな状態だったの」

「うん。その時には電子レンジはもう止まっていたんですけど、中が大変なことになってるのが見えたから、開けてみたら黒い煙がぶわっと出てきて。火は消えていて、すでに今みたいな感じになってました。ちなみに窓を開けて、換気扇をつけたのも私」

「だがなぜ成瀬さんの携帯が……。あ、そういえば、さっき成瀬さんの部屋も変だって言ってたな」

「はい、来てください」

見た感じ再燃する恐れはなさそうな携帯はそのまま放置して、俺たちは食堂を後にした。

成瀬の部屋に向かおうとする俺たちに、らいちが言った。

「待ってください。ドアは施錠されているので、外から窓の方に回り込みましょう」

「施錠?」

まさかそれって――。

密室?

こんな時なのにテンションが上がってしまう。

くそっ、落ち着け、俺。中で大変なことが起こってるかもしれないんだぞ。

俺たちは玄関を出た。

夏の五時前だというのに、空はすっかり重苦しい灰色になり、今にも降り出しそうだった。風もさっきより強くなっており、ロックをかけておかないと回転扉がくるくると回りっぱなしになってしまう。

高床は館の正面だけではなく、周囲も取り囲んでおり、裏ではバルコニーに繋がっている。俺たちはそれを通って、成瀬の部屋の窓の前まで行った。

何が「変」なのかはすぐに分かった。

引き違い窓が全開にされており、動かされていない方の窓ガラスのクレセント錠の側が細長い三角形に割られていた。

ベッドの上に、口を開けた成瀬のリュックとその中身が散乱していた。

クローゼットの扉や机の引き出しもすべて開けられていた。

まるで空き巣に入られたかのようだ。こんな孤島にまで空き巣が来たらたまったもんじゃないが。

見える範囲に成瀬の姿はない。

「なるほど、確かにこりゃ『変』だ。らいち、中には入ってみたか」

「ううん、まだ」

「じゃあ俺が入ってみるよ。もしかしたら成瀬さんが隠れているかもしれないからさ」

まあ、もしこの部屋で成瀬が見つかった時は十中八九死体だろうな……。

などと縁起でもないことを考えつつ、俺は窓枠に足をかけて乗り越える。室内側窓際の床には、窓に開いた穴そのままの三角形のガラス片が落ちていた。踏まないように気を付けて着地する。

室内はクーラーがついておらず、外と同じ暑さだった。

クローゼットの中やベッドの下を覗いたが、成瀬はどこにもいなかった。

ベッドの上に目を転じる。リュックの中身がすべてぶちまけられ、財布やポケットティッシュなどは内容物があらかた外に出されている。折り畳み傘は開かれ、ビニル袋は裏返されている。

何かを探していたんだ。成瀬以外の誰かが。

だが一体何を？

考えながら俺はドアのところまで行った。普通に心棒が嵌まっている。開けようかどうか迷ったが、現場保存という単語が脳裏をよぎって、結局そのままにしておくことにした。

俺は再び窓を乗り越え、みんなの元に戻った。

「やっぱり成瀬さんはいませんでした」

俺が報告すると、みんなは「ああ……」とか「そう……」とか言って黙り込んでしまった。

普段仕切る重紀や法子がダウン状態なので、俺が仕切らざるを得ない。

「真っ暗になる前に探しましょう――みんなで」

一瞬「手分けして」と思ったが、結局「みんなで」と言った。携帯をレンジでチンしたり、窓を割って部屋を荒らしたりするクレイジーな輩が、最低でもこの島の中に、最悪の場合俺たち五人の中にいるのだ。少人数で行動するのは危険だ。三人組と二人組に分けたとして、二人組の片方が犯人だったらどうする。

反対する奴は誰もいなかった。

俺たちは物置から出した懐中電灯や、携帯のハンディライトを片手に、島内の捜索を開始した。


そして発見した。

昼に俺が最初に行った洞窟で。

成瀬の死体を。


いやいや成瀬さんミステリマニアたるもの一度は死体の真似してみたいのは分かり

ますけどいくら何でも今の状況でそれは笑えないですよほら誰も笑ってないらいちだって仕方ないなあそのつまんないジョークに付き合って俺も脈を取ったげますよよっこらせっとちょっと左手首貸してくださいはいワンツースリーあれこれ本当に脈ないんじゃやははあさては脇の下にテニスボールとかいう古典的トリックあれテニスボールもない大体その胸のアイスピックどうやって固定して

——やめよう。

どれだけ考えても成瀬は完膚《かんぷ》なきまでに死んでいた。

頭を洞窟の奥の方に向けて仰向けに倒れていた。苦悶《くもん》の表情でかっと目を見開き、左胸にはアイスピックが刺さっていた。何回も刺されたらしく、突き立った凶器の周りには細かい穴が蜂の巣状に開いており、そこから血が流れ出していた。殺害からはある程度時間が経っているらしく、血はほとんど乾いていた。死後硬直や死斑《しはん》など専門的なことについては分からない。

こんなめった刺しだ。まず自殺ではなく殺人だろう。「駆け落ちではなく殺人ではないか」などという妄想ではなく、リアルの殺人が起きてしまったのだ。

そんな時でも俺はやめられない。

ミステリマニアとして……。

というより同じミステリマニアの弔い合戦として。

死体の観察をやめられない。

成瀬、俺が絶対犯人を捕まえてやる。

アイスピックは胸板に対して垂直ではなく、やや死体の右手側に傾いていた。よくよく見ると、他の刺し傷も同様に右手側から斜めに入っている。

犯人は左利きということか？

右利きでも、背後や正面右手側から刺せばこのようになる。だがそれはあくまでも初撃だけの話だ。これは二撃目以降も、とどめの一撃すらも、右手側から斜めに刺しているのだ。一回刺した時点で成瀬は地面に倒れ込むだろう。そこを正面から馬乗りになってめった刺しにする。胸をめった刺しにするのに正面以外からは考えにくい。

やはり犯人は左利きか。

俺はメンバー全員の利き腕を思い出す。

右、右、左、左、右、右、右、右。

左利きなのは法子と浅川。

まさか法子が？

それとも浅川が島のどこかに潜伏している……？

だが、このアイスピックは例のグラニテを作るのに使われたものだ。洗っている時に気付いた白い糸のような傷が柄に付いている。そっくりな傷を人為的に作れるとも思えないので、同一と断定してしまっていい。

するとこいつは犯人がキッチンから盗み出したということになる。

全長十五センチくらいで、手の中にはとても収まりきらない。見咎められないよう運搬する場合、普通なら服の裏に貼り付けたりするところだが……。

まあ運搬方法は別として、このアイスピックが浅川が犯人である確率を下げるのだ。

なぜなら浅川が島のどこかに――いや穴熊館の隠し部屋とかでもいい――潜伏していたとして、いつ誰が入ってくるかも分からないキッチンに姿を現すという危険を冒してまで、こいつを使うとは思えないからだ。あらかじめ凶器を用意してなかったとしても、まだその辺の石とかを使う方がいい。

その点、法子ならキッチンにいること自体は不自然ではない。やはり法子が……？

なお身長差は初撃には影響するだろうが、馬乗りになってからはあまり関係がない。傷口や凶器の刺さり具合からは何とも言えなかった。一応メンバーを身長順に並べると、重紀＝浅川、法子＝俺、成瀬＝深景、渚＝らいちとなる。

それと犯人がアイスピックを海に捨てに行かなかったのは、指紋やＤＮＡを残していない自信があるからだろう。この洞窟は海から少し離れている。そこまで血まみれのアイスピックを持ち運ぶよりは、現場に放置していく方が無難だ。

さて、他に検討すべきことは……。

「らいちちゃん！」

渚の悲痛な叫びで我に返った。

振り返ると、らいちが夢の中にいるような顔と足取りで歩いてきて、成瀬の側に膝《ひざ》を突き「ナルシー」と呟く。

その瞳から大粒の涙がこぼれ落ちた。

それを見て俺は不謹慎にも。

――美しい。

と思ってしまった。

ポツリ、という音がした。

らいちの涙が洞窟の地面に落ちた音ではなかった。雨だ。ポツポツがボトボトになったかと思うと、すぐに本降りになった。洞窟の外にいた重紀と法子が中に避難してきた。

閃光《せんこう》、ややあって雷鳴。

「とりあえず警察に電話します」

俺はそう宣言して携帯をかけようとした。

しかし圏外だった。

浅いから大丈夫だと思ったが洞窟は洞窟か。俺は外に出た。ところが未だ圏外だった。

林の中だから……？

林の外に走り出た。鉛色の空から降り注ぐ生ぬるい雨が全身を打つ。そこで画面を見たが、結果は同じだった。

圏外。

なぜだ、この島には父島からの電波が届いてるはずじゃなかったのか？

「沖さん」

渚が追いかけてきた。

「開けた場所に出たら落雷の危険がありますよ」

「雷……。もしかしたら原因はそれか」

「どうしたんですか」

「ちょっと自分の携帯見てくれ」

渚は俺の言う通りにした後、驚いた声を上げた。

「あ、圏外！」

「やはり渚もか。おそらくさっきの雷で父島の電波塔がやられたんだ」

携帯を持って出たのは俺と渚だけだが、この分だと他の奴らのもダメかもしれない。

洞窟に戻り、みんなに事情を説明した。

「それじゃ警察に電話できないの？」

法子のこんな小さい声は初めて聞く。

「いや、まだ他の携帯や無線ＬＡＮが生きてるかもしれないです。家に戻って確かめてみましょう」

俺の言葉を受けて、みんな移動し始めた。

俺は成瀬の側に蹲《うずくま》っているらいちに声をかけた。

「ほら、行くぞ」

らいちは俺の方を見ずに立ち上がり、黙って出口に向かった。もっと抵抗するかと思っていたから拍子抜けしたが、逆にそれが何を考えているか分からず怖かった。おかしくなっちゃいないだろうか。

まあ、俺も人の心配してる余裕なんてねーか。

それでもミステリマニアの性で、携帯で現場の写真を撮ることは忘れなかった。死体の全身を一枚、胸の傷のアップを一枚、洞窟の入り口から奥に向かって一枚。

最後にもう一度成瀬の方を振り返った。

この気温に加え、雨まで降ってる。はっきり言って死体はひどいことになるだろう。

全部犯人のせいだ。絶対許さない。全力でぶん殴ってやる。

俺たちは雨の中を穴熊館まで走った。無我夢中で走って何もかも忘れたかった。

ずぶ濡れで玄関に駆け込んだ。

「私っ、タオル取ってきます」

こんな時なのに渚は気が利く。

彼女が持ってきたタオルで顔や体を拭きながら、俺たちは他の携帯や書斎のパソコンを調べて回った。だがどれも繋がらなくなっていた。

「いつになったら復旧するのかしら」

やはり声が小さい法子に、渚は優しく言う。

「きっとすぐ電力会社の人が直してくれますよ」

俺は父島自体がすでに絶海の孤島だから、復旧はかなり遅くなるかもしれないと思ったが、黙っていた。

「パソコンは私が見ておくから、皆は自分の部屋で休んでいなさい」

重紀がそんなことを言い出したので、俺は口を挟んだ。

「いや、すでに一人殺されてるんだから単独行動は危険です」

「あ、ああ、そうだな」

とりあえず全員で食堂に移動することにした。

ドアを開けた途端、焼き携帯の臭いが鼻を突いた。そうだ、この部屋は汚染されてるんだった……。

だがみんなが集まれる場所はここぐらいしかない。

俺たちは仕方なく各自の席に腰を下ろした。

「あ、私、レンジの中、片付けてきます」

渚がまた気を利かせて立ち上がるが、俺が制止した。

「気持ちはありがたいが、だめだ。殺人事件だから、警察が来るまで現場を保存しなきゃいけない」

渚はしょんぼりと席に着く。

「そうか、そうですよね。気付かなくてすみません」

「いや、いいんだ。俺だってこの臭いには辟易《へきえき》してるから片付けたいのは山々さ」

「じゃあ代わりにご飯作りましょうか。みなさんお腹空いてるでしょうし」

「ご飯か……」

俺たちは顔を見合わせた。

「……悪いが結構だ。今は食べる気がしない」

「ごめん、私も……」

重紀と法子が言った。俺は渚に加勢してやりたかったが、肝心の食欲がなかった。部屋全体に漂う焦げ臭さがそれに拍車をかける。

「すまん、俺も」

「そう、ですよね。ごめんなさい」

渚は申し訳なさそうに俯いた。本当にすまん。

らいちは一切コメントすることなく、ぼんやりと虚空を見つめている。

息詰まる沈黙が続く。時々携帯を見るがアンテナは一向に立たない。

「あの」何があの、だ。俺らしくない。「通報できるようになるまでの間、状況の整理をしておきませんか。今日の午後、誰が何してたとか……」

みんなが一斉に俺の方を向く。視線が痛い。

法子が冷たい声で言った。

「犯人探しってわけ？　推理小説好きのケンタローの思い付きそうなことだけど、そんなことは警察に任せておきましょうよ」

「そういうわけじゃ」

「これ以上仲間同士で傷付け合いたくないのよ！」

その叫びにいつもの圧はなかったが、俺は言い返せなかった。

――そうだ、俺は犯人探しをしようというのだ。

そこに助け舟を出してくれたのは重紀だった。

「まあ犯人探しなどではなく、警察の事情聴取にスムーズに答えられるようにするためだと考えたらいいんじゃないかね。皆の証言がバラバラだったら、あらぬ疑いをかけられんとも限らんからな。ちなみに私は四時くらいに気分転換で外に出た以外はずっと書斎にいた」

率先して答えてくれた。流れを作ろうと俺はすぐに言う。

「俺は大体自分の部屋で本や携帯を見てましたが、三時くらいに一度、散歩に出かけました」

話がややこしくなるので、浅川と深景を探しに行ったとは言わない。

「途中でまず成瀬さんに会いました」

「その時、彼はどんな様子だったのかね」

と重紀が聞いてくる。

「若干ぎこちない感じでしたけど、状況が状況ですからそんなものかなと。ちょっと推理小説の話をしてから別れました。その後、渚に会ったんです。な？」

俺は渚の方を向く。

渚も俺の意図を汲み取り、外出の目的を伏せて話す。

「私も散歩です。出かけたのは三時過ぎくらいだったかな。すみません、あまり覚えてません。四時くらいに沖さんと一緒に帰ってきました。それ以外はずっと自分の部屋にいました」

「私も気分転換で一度外に出たわ。時間は覚えてない。誰とも会ってないから、いわゆる『アリバイ』ってやつはないわね」

法子はあてつけのようにアリバイという言葉を強調する。俺はスルーした。

後はらいちだけだが……。

俺は恐る恐るらいちの方を見た。らいちは無表情のままこちらを向いて言った。

「お昼ごはんの後は、三時くらいまで私の部屋でナルシーとお話してから、お昼寝してました。四時半くらいに炊飯器のスイッチを入れに行って、燃え尽きた携帯を発見したんです」

らいちが普通に答えてくれたので俺はホッとした。

「皆さん、ありがとうございます。成瀬さんが出ていくのを見た人はいませんか」

全員ノー。

「じゃあ携帯が爆発したり、窓ガラスが割れたりする音を聞いた人は？」

これも全員ノー。

「でも、もしみんながクーラーのために窓を閉め切っていたとしても——実際私はそうしていたんですが——誰も何も聞いていないというのはちょっと不思議ですね」

　渚が疑問を呈する。俺は補足した。

「あ、それはそこまで不思議じゃないな。あの窓の割り方は、空き巣がよく使う『こじ破り』あるいは『三角割り』と言われるテクニックで、マイナスドライバーをサッシのガラス溝に差し込んでひびを入れるもの。あまり音がしないのが特徴だ。——あ、もちろん実体験じゃなくて、推理小説で仕入れた知識だけどな」

「へえ、そうなんですね」

　渚が感心してくれる。俺はちょっと得意になって続ける。

「それと、携帯を電子レンジでチンしてみたという動画をインターネットで見たことあるけど、燃焼音も爆発音も全然大したことなかった。どっちも聞いてる人がいたらラッキーぐらいのつもりで質問したんだ」

「携帯を電子レンジにかけたのはやはり犯人で、自分に都合の悪いデータを消すためなんでしょうか」

「だろうな。成瀬さんのリュックの中身がベッドの上にぶちまけられ、財布やポケットティッシュ、折り畳み傘やビニル袋の中まで調べた形跡があった。おそらく犯人は殺害後、成瀬さんが犯人を指し示すようなものを残していないかと不安になって部屋を漁《あさ》ったんだ。その結果、携帯だけが危険と判断され燃やされた」

「でも電子レンジなんて不確実すぎないかしら」

法子が参戦してきた。何やかんやで議論好きなのだ。

「誰かに気付かれて途中で扉を開けられたら終わりだし。私が犯人なら粉々にした後、海に捨ててしまうわ」

「犯人は何回も館の外に出たら目立つと思ったのかもしれません」

「家の中にもお風呂やトイレがあるけど」

「家の中で破壊作業はすごい音がするでしょうし、ただ水に沈めただけでは、最近の携帯はほとんどが耐水性ですから。考えてみたら、レンジはそこまで悪い方法じゃないですよ。想像してみてください。法子さんが食堂に入ります。電子レンジが動いてます。法子さんはそれを止めますか」

「あ……言われてみれば確かに止めないかも。誰かが何かを温めている途中でちょっと席を外しただけかもしれないし、いちいち中なんか覗いてみないし」

「そうなんですよ。さすがに異臭や爆発音がしたら止めるでしょうが、その時にはすでにデータはお釈迦でしょうしね」

「なるほどね……」

「俺が今悩んでるのは、犯人がなぜ窓を割ったのかということなんです」

「え、そりゃ携帯を探しに部屋の中に入るためじゃないの」

「普通にドアから入ればいいじゃないですか」

「そりゃドアが施錠されて――あ」

「気付いたみたいですね。ドアは内側からしか施錠できないのに、一体誰が施錠したんですか。部屋の主は外で殺されているというのに」

「確かに変ね……」

「部屋に入るところを見られたくなかった犯人が、裏手から窓を割って侵入しただけなんじゃないでしょうか。施錠は犯人が内側からした」

渚がおずおずと意見を述べた。

「うーん、そうなのかもしれないけど、成瀬さんの部屋は奥まったところにあるし、窓を割るよりも、普通にこっそりドアから入った方が安全な気がするんだよなあ。ドアから入るところを見られただけならいくらでも言い訳できるけど、窓を割ってるところを見つかったらさすがに言い逃れ不能だし。ドライバーを取ってくる手間もあるし、小さいとはいえ一応音もするし」

「言われてみれば確かにそうですね」

「まあ、実際は渚の仮説通りだったのかもしれないけどなあ」

何かがしっくりこない。

わざわざ窓を割るなんて、まるで部屋が密室だったかのような……。

ん、密室？

待てよ。

俺は成瀬との最後の会話を思い出す。

――実はさっき面白いダイイングメッセージネタを思い付いてね。

――機会があればお見せするよ。

あれはまさかそういう意味だったのか？

俺はみんなに聞いてみる。

「そういえば散歩から帰ってきて自分の部屋にいたら、コンコンって窓に石が当たるような音がしました。誰かが投げてるのかと思って窓を開けたら、誰もいなかったんですけど、もしかしたらみんなもその音を聞いたんじゃないですか」

「あ、私もその音聞きました」

「窓を開けたら誰もいなかったから風かと思ったのだが……」

みんなが口々に同意する。結局、五人全員が不審な音を聞き、窓を開けたら誰もいなかったという体験をしていたことが分かった。正確な時刻を覚えている人はいなかったが、四時台前半だったということで意見は一致した。

やっぱりそうか。

「ちょっと失礼！」

俺は食堂を飛び出す。目指すは成瀬の部屋。ドアは施錠されたままなので、外から回り込もうと玄関に向かう。

後から渚が追いかけてきた。

「沖さん、いきなりどうしたんですか」

「気付いたんだ。もしかしたら成瀬さんの部屋は密室だったんじゃないかって」

「密室？」

「説明は後だ」

俺は玄関を出て、雨が吹き込んで濡れた高床式の回廊を、滑らないように気を付けながら急ぐ。後から渚が付いてくる気配がする。

窓から成瀬の部屋に入り、ドアのところまで行く。

俺は心棒が嵌まりゆく方向の壁をしげしげと観察する。

心棒のちょうど真横に、針で刺したような穴が開いていた。

やっぱり。これが成瀬の思い付いたダイイングメッセージネタだったんだ。そうとも知らずに俺は「機会」よ早く来い、などと思ってしまって……。

何という皮肉だ。俺は天井を仰いだ。

「沖さん！」

振り返ると、窓の外に渚が立っていた。

「犯人が何で窓を割ったか分かったよ。みんなの前で説明する。戻ろう」

俺は再び窓を乗り越えて、渚と一緒に食堂に戻った。

「突然どうしたの」

法子が聞いてくる。

「犯人が窓を割った理由が分かったんです。錠の真横の壁に針で刺したような穴が開いていました」

「針？」

「はい、皆さんは『針と糸の密室』という言葉を知ってますか？」

一同ポカン。そりゃそうだろう。

俺はまず「針と糸の密室」について説明してから、推理を続けた。

「成瀬さんが呼び出した側か呼び出された側かは分かりませんが、洞窟に行く前に、もしかしたら自分が殺されるかもしれないと予期していたんでしょう。そこで、もしそうなった時に犯人が捕まるよう、犯人の名前などを携帯に打ち込み、今話したトリックで作った密室の中に封印しておいた」

ダイイングメッセージと密室の合わせ技だ。

「針や糸、ピンセットなんかはもちろんこの家にもあるんでしょ、重紀さん」

「あ、ああ、深景の部屋に裁縫箱があったはずだ」

「成瀬さんはそれを使ったんでしょう。犯人は犯行後、成瀬さんが何か残していないかと部屋に行ったが、施錠されていた。さぞかしびっくりしたでしょうね。最初は誰かが——例えばらいち辺りが——何らかの理由で閉じ籠っているのかと思ったかもしれない。だが何のために？　どうも様子がおかしい。そこで犯人は全員の部屋の窓に石を投げた後、建物の陰に隠れるという実験をしてみました。その結果、全員が自分の部屋にいるということが分かった。残るは推理小説マニアの成瀬さんが何らかのトリックで部屋を密室にしたということしか考えられない。それで窓を割らざるを得なかったんです」

俺は敢えて言わなかったが、厳密には姿を消した浅川か深景が室内にいるという可能性が残されている。しかし犯人は窓を割った。ここに一つのロジックが生まれる。もしかしたら犯人は、二人が室内にいないということを知っていたのではないか。すなわち成瀬を殺したのは浅川と深景の共犯。あるいは二人を殺した犯人と同一人物——。

まあ実際はそこまで考えずに割ったのかもしれないが。

「ちょ、ちょっと待ってよ」と法子。「そんな七面倒臭いトリックを使っても、実際のように窓を割られたら終わりじゃない。それよりも『もし僕が殺されたら犯人は○○だ』って誰かに言い残すなり、部屋中にナイフとかで刻み込むなりした方が確実なんじゃない？」

「それじゃ意味がないです」

「意味がない？」

「はい。さっき成瀬さんが呼び出した側か呼び出された側か分からないって言いましたが、多分呼び出した側です。成瀬さんは犯人を脅迫しようとしたんだ」

「脅迫？　何を理由に脅迫したのよ」

「それは……まだ分かりません」

少し迷った末、そう答えた。

だが薄々見当は付いている。成瀬は浅川と深景が島内に潜伏していることを知っており、二人に口止め料を要求した。よって殺された。

可能性その一。成瀬は「駆け落ち」について何か知っている感じだった。おそらく「駆け落ち」に関係することだ。先程の成瀬は「駆け落ち」について何か知っている感じだった。


しかし、どっちも仮説だ。確証が得られるまで話すべきじゃない。

とりあえずそのことを伏せて推理を続ける。

「でも脅迫しようとしたと考えると辻褄が合うんです。脅迫するなら、脅迫に成功した時のことも考えなきゃいけません。法子さんが言ったような方法じゃ、秘密を周知することになり脅迫が成立しませんから。密室を作るだけなら、脅迫に成功した場合は何か理由を付けて自分で窓を割ればいいわけですし。そうですね、例えばむしゃくしゃして物を投げてしまったとか。それこそ密室トリックを実験していたら締め出されてしまったとかでもいいですね。どっちも顰蹙物ですが、カネのためなら我慢できるでしょう。もっとも脅迫に失敗して返り討ちされた場合は、おっしゃる通り時間稼ぎ程度にしかならないわけですけど……」

話しながらふと疑問を抱いた。果たして成瀬ほどの識者がこの程度の小細工を「面白いダイイングメッセージネタ」と言うだろうか。まさか他に真のダイイングメッセージがある？　でも洞窟にも成瀬の部屋にもメッセージらしきものは残されてなかったし……。

「まあ確かに成瀬くんのやりそうなことかもしれない」

法子のその一言を最後に、事件についても話すことがなくなった。

俺たちはまた黙った。

俺はこっそり全員の様子を観察した。

この中の誰かが犯人なのか？

やっぱり左利きの法子か？　動機もある。らいちを連れてきたことでしょっぱなから喧嘩していた。しかし法子はらいちを認めたんじゃなかったか？　らいちのことは認めても成瀬のことは許さなかったとか？

それともあの露骨な左利きアピールが犯人のミスリードなのか？

ならば重紀はどうだ？　仮面の下で本当はニヤついてるんじゃないのか？　もし駆け落ちが殺人だった場合、一番疑わしいのは重紀である。不貞の妻とその浮気相手をまとめてぶっ殺したわけだ。その現場を成瀬に見られて脅迫された？

らいちも冷静に考えてみたら怪しい。俺たちと違い、成瀬とプライベートで付き合いがあるので、そこに動機があるのかもしれない。大体今までのオフ会は平和だったのに、こいつが参加した途端、立て続けに事件が起こっているのだ。疫病神《やくびょうがみ》の類《たぐい》なのは間違いないが、問題は自ら鎌を振るう死神なのかどうかということだ。

渚は……個人的には犯人だと思いたくない。あんな細腕で人を殺せるだろうか。だがクローズドサークルものでメインヒロインが犯人というのは定番だ。断腸の思いで彼女も容疑者候補に加えなければならない。

あるいは「駆け落ち」中の浅川と深景のどちらか、もしくは両方が犯人か？　姿を消したのも、最初から成瀬殺害のためだったのかもしれない。しかも浅川は左利きだ。ただ、さっきも考えたように、凶器が家の中にあったアイスピックだということがネックになってくるのだが……。

こんな孤島だ。外部犯の可能性は無視していいだろう。

もちろん俺も僕も犯人じゃない。

法子、重紀、らいち、渚、浅川、深景。

成瀬の命を奪った許しがたい犯人はこの六人の中にいる。

一体誰なんだ。

「もう我慢できない！」

法子がバンとテーブルを叩いて立ち上がった。

俺たちは一斉に彼女の方を向いた。

法子は我に返ったような顔になると、弁解するように言った。

「……臭いのことよ。私、自分の部屋に戻るわ」

「だめですよ、一人でいたら危ない」

「施錠して誰も入れなかったらいいんでしょ！」

そう言い残して、さっさと出ていってしまった。何という死亡フラグ。

「まあ確かに中条さんの言う通りだな。私も失礼させてもらうよ。無線ＬＡＮが復旧したら報告する」

「私もー……」

重紀とらいちも出ていってしまう。おいおいテメェらそれがどれだけ危険な行為か分かってるのか？　これだからミステリを読まない奴は……。まあ全員で固まっていても停電が起こるんだが。

後には俺と渚だけが残った。

「渚、お前はどうする」

「私は沖さんと一緒なら安心するので側にいたいです」

健気《けなげ》な笑顔でそう言う。

こんな時だというのにそんなことを言ってくれるなんて……。

何ていい子なんだ。

「俺も——俺も君といると安心するよ」

「沖さん……」

俺たちは見つめ合った。

渚が目を閉じた。

え、何？　これまさかのまさか？　キスOK？　キスOKなのか？　しちゃうよ？

俺しちゃうよ？

と思っていたら、渚の体がぐらりと傾いてテーブルに突っ伏した。

「大丈夫か!?」

俺はテーブルを回り込んで渚の肩を揺すった。

渚はうっすらと目を開け、今にも消え入りそうな声で言った。

「ごめんなさい、貧血起こしたみたいです」

「貧血か、良かった。いや、良くはないけど、毒とかじゃなくて本当に良かった。よくそんな風になるのか？」

「時々、疲れた時とか」

「そうか。今日は本当に疲れただろうからな。この部屋の空気も良くないのかもしれん。部屋に行こう。よし、立てるか？　俺の肩に摑まって」

俺は渚に肩を貸して部屋まで連れていった。そのまま付いていたかったが、そういうわけにもいくまい。

「いいか。俺は自分の部屋に戻るけど、俺が出ていったらすぐ施錠すること。飯とかトイレは仕方ないけど、極力外に出ず、出たらすぐに戻ること。そして重要なのが、誰かが訪ねてきても絶対開けないこと。よくあるパターンは『話があるんです』とか『〇〇が殺された！』とか『火事だ！』とかだ。話はねーし、〇〇は殺されてねーし、火事も起こってねー。まあ本当に火事だったらヤバいが、臭いで分かるだろ」

渚は俺が冗談を言っていると思っているらしくクスクスと笑っているので、少し強めの口調で言った。

「これは命に関わる問題だ。分かったな」

渚は笑うのをやめ、こくんと頷いた。

ちょっとキツく言いすぎたかな？

俺はバランスを取るためにおどけて、

「いい子だ」

ハリウッド映画の吹き替えっぽく言った。渚はまた笑った。

「じゃ、また。すぐ施錠しろよ」

俺が部屋を出ると、言い付け通りすぐに心棒を嵌める音がした。

よし。

俺も自分の部屋に戻り、すぐ施錠する。

書き物机の前の椅子に座り、ため息をつく。

やれやれ、結局バラバラになっちまった。何が起きても知らんぞ。全員で固まっていれば犯人も動きにくいのに——ん、待てよ。

逆に言えば、犯人は俺たちを分散させたいわけだ。

最初に部屋に戻ると宣言してそういう空気を作った法子が、ますます怪しく見えてくる。まあ逆に怪しすぎる気もするが、これは推理小説じゃないんだからミスリードの必要はないわけで、一番怪しい人物が順当に犯人なんじゃなかろうか。あるいは重紀か。食堂に下りる前に、みんなに自室に戻るよう言っていた。

まあ誰が犯人だったにせよ、ドアを開けなければいいだけの話だ。

——いや、それだけじゃだめだ。梯子《はしご》をかけて窓を割ったり、秘密の通路を通ったりして、犯人が侵入してくるかもしれないからな。あの藁葺き屋根とか簡単に取り外しできるんじゃないか？

今夜は寝られないな。ずっと起きてないと……。

張り詰めた時間が流れた。

時々携帯を確認したが、いつまで経っても圏外のままだった。重紀が何も言ってこないところを見ると、無線ＬＡＮも復旧していないのだろう。

そのまま二時間くらい経っただろうか。元々空腹だったのがとうとう我慢できないレベルにまでなってきた。

仕方ない。食堂に行くか。

錠を外し、恐る恐るドアを開ける。

廊下に人の姿はない。

俺は忍び足で階段を下り、食堂に向かう。犯人に気付かれないためだが、何だか俺自身が犯人みたいだ。

食堂はさっきの状態のまま、電気は点けっぱなし、窓は開けっぱなしになっていた。焦げ臭さは大分マシになっている。

乾パンはもう勘弁。カップラーメンを作って食べた。それだけでは満腹にならないので、冷蔵庫から魚肉ソーセージやチーズを出して食べた。徹夜に備えてカフェインの入っているコーラやコーヒーを飲んだ方がいいかとも思ったが、利尿作用で頻繁《ひんぱん》にトイレに立つようになってしまっては逆効果なので、ミネラルウォーターにしておいた。

しかしこんなんじゃみんなもそのうち我慢できなくなるだろ。特に法子なんか昼も食ってないのに。やっぱり夕食くらいはみんなで一緒に食べておいた方が良かったな。まあそんな空気じゃなかったけど。

食べ終わると、夜間の非常食を探す。ミネラルウォーターと……ちっ、乾パンしかねーか。一本一缶ずつ持って食堂を後にした。

二階に戻ろうと玄関の前を通った時、ガラス戸が強風で激しく回転していることに気付いた。さっき食堂に向かう時はそんなことなかった。俺が食堂でエサを漁っているうちに、誰かロックを外して外に出たのか？　駆け寄り、外の闇を睨むと、懐中電灯か何かの灯りが螺旋を描いて上っていくのが見えた。

誰だ？

殺人事件が起き、嵐が吹きすさぶこの夜に、どこへ行く？

　まさか――犯人？

　今すぐあいつを尾行すれば、事件解決に直結する重大なヒントを得られるかもしれない。だが危険だ。罠《わな》の可能性すらある。

　一瞬悩んだが、すぐ決断した。行こう。俺はいつでも行動派だ。

　靴箱の上に、成瀬捜索に使った懐中電灯が置かれていたので、その中から一つを摑んで飛び出した。

　生温かい雨に打たれながら窪みの外に出ると、顔にビニル袋を被せられたみたいな強風。遠くの方で光が雨に煙る。そっちの方に懐中電灯を向けないよう気を付け、足元を照らしながら、慎重に後を追った。

　敵は林に入った。それで俺は奴の目的地をほとんど確信した。

　成瀬の死体がある洞窟だ。

　俺も続いて林に入り、すぐに後悔した。郊外の雑木林レベルとは言え、夜の雨の森だ。ぬかるみに足を取られ転びかける。かと思えば、虫のようなものを踏み付ける。いくら俺がアウトドア派でも、もうちょっと装備を整えてから来るべきだったか。だがそうしていたら対象を見失っていただろう。仕方なかった。

　向こうも林に入ってから移動速度が落ちている。気付かれないよう一定の距離を取りながら追跡した。

その末に辿り着いたのは、案の定洞窟だった。

人影は洞窟に向かって進んでいく。

その時、雷光がそいつの顔を照らし出した。

らいちだった。

俺は本来の目的も忘れて飛び出していた。だって、らいちはすっかり魂の抜け切った目をしていて、企みなどまったくある風ではなかったから。

死者に手招きされるかのようにふらふらと歩いていく、その手首を摑んだ。らいちは驚く様子もなく、ぼんやりと振り返った。俺は虚ろな目をまっすぐ見据えて言った。

「ここは墓場だ。生きた人間は入っちゃいけない」

らいちは意外にも素直に頷いた。

彼女の手首を引いて林の出口を目指した。すぐにこれじゃ乱暴すぎると気付いて、手を握り直す。弱々しく握り返してきた。

だんだん俺も冷静になってきて、らいちはやっぱり犯人で、洞窟に行ったのは証拠隠滅のためで、今にも後ろから襲いかかってくるんじゃないかと警戒したが、そんなことは起こらないまま林を抜けた。

風雨の中、二人で黙々と走った。

館に着くと、らいちを彼女の部屋まで送り届けた。

「殺人事件が起きてるんだから、しっかり施錠して外に出るなよ」

俺はそれだけ言って、さっさと立ち去ろうとした。

しかし、今度は俺が手首を摑まれる番だった。

「行かないで」

振り返ると、抱き付かれてキスされた。

「何――」

するんだ。反射的に飛びのきながらそう言いかけて、言えなかった。らいちは泣いていた。

「ナルシーが死んで、それも殺されて、一人じゃ怖くて、だから今は一緒にいて」

その言葉が何を意味するかは明らかだった。

俺は反射的にらいちの全身を見た。雨に濡れた彼女はとてもセクシーだった。俺は言い逃れできないレベルで勃起した。

その体に触れてみたい――。

無意識に一歩踏み出したところで、渚の顔が脳裏をよぎり、我に返った。

俺は今、何をしようとしていた？　俺が好きなのは渚だろ？　可愛い女の子にちょっと言い寄られたくらいでよろめくのか？　それでも男か？　大体仲間が死んだ矢先に、その恋人と関係を持つのは道義的にどうなんだ？

「ねえ、お願い」

らいちは潤んだ瞳で再び抱き付いてきた。一瞬何もかも飛びかけた。

頭の中には渚の笑顔。

目の前にはらいちの泣き顔。

渚。

らいち。

二人の顔が混ざり合う……。

葛藤の末、俺の脳味噌は二つの答えを捻り出した。

一つは、これは俺の欲望ではなく彼女が望んだことであって恋人が死んで取り乱している彼女を落ち着かせるために仕方のないことなんだということ。

そしてもう一つは、最もまずいのはこの現場を渚に見られることなんだからとりあえず今は部屋に入るのが喫緊《きっきん》の課題だということ。

どっちも言い訳だ。

俺たちはらいちの寝室に入った。俺がドアを閉め、らいちが施錠した。

そこからの進行は速やかだった。

俺たちは知り合って三日目とは思えないほど密着し、唇と舌を貪《むさぼ》り合った。らいちは素早くしゃがみ込んでフェラチオを始めた。左手で自分の股間を触りながら、右手を俺の肛門に伸ばしてくる。そこは初めてだったので精神的な抵抗はあったが、実際のものはスムーズに俺の中に入ってきた。人差し指と中指だ。その二本が内側から俺を愛撫する。前後からの快感に耐え切れず、あっという間に口の中に射精した。

慌ててティッシュを取りに行こうとすると、らいちは喉を鳴らして飲み下し、泣き笑いの顔で言った。

「滅茶苦茶にして。全部忘れさせて」

その一言で生き残りの理性も殲滅《せんめつ》された。

俺はらいちを丸太みたいに担ぎ上げると、ベッドの上に放り出した。スプリングが軋む。反射的に起き上がろうとするらいちにのしかかり、ぶち込んだ。

さっきのお返しとばかりにガンガン突きまくると、悲鳴寸前の声で喘ぎまくる。その瞳からこぼれ落ちる涙を見て、言い訳が使命感に変わった。彼女を慰める。忘れろ。全部俺が忘れさせてやる。お前はただ気持ち良くなれ。イケっ。イケっ。イケっ。

「イケよ、らいち！」

らいちは一際高い声を上げると、全身を反らせて痙攣《けいれん》させた。俺も同時に達した。

雨と汗で濡れた体を重ねてベッドに沈む。

事後――。

俺はベッドの端に腰かけ、らいちは真ん中で仰向けになっていた。

俺はイライラしていた。もしかして、誘惑に負けて好きでもない女と寝てしまった後悔が表に出てしまってるのか。そうなら男として最低だ。

しかし、別の感情もあった。どんな感情なのか自分でもはっきりしなかったが、一つ明らかなのは成瀬が関係しているということだ。

俺は振り返り、肩越しに聞いた。

「なあ、誰とでもこんなことすんのかよ。おがさわら丸のタンクトップパーズともしてたよな」

らいちはまだ水分の残った瞳でジトッと睨んできた。

「見てたんですか？」

「見てたさ。正直俺は許せなかったね。成瀬への裏切りだ。そうだろ？」

「ナルシーとはそういう契約だったから大丈夫です」

「契約？」

「ナルシーはお金で私を買ってたんです」

「な――」

俺は絶句する。

お金で買ってたって——買春——援助交際——。

嘘だろ。そんなもの、繁華街の路地裏か、フィクションの中にしか存在しないと思ってた。

だが実際に遠い存在であると思ってた殺人が、すでに俺の目の前で起きてしまっている。

世界ってやつは一皮剝けばこんなもんらしい。

俺の動揺をよそに、らいちは淡々と説明する。

「一日五万でヤり放題。今回の旅行は六日間だったから三十万。私が他の客と商売しても一切口出さないってルール。だから旅先の空き時間を利用してちょっと稼がせてもらっただけです」

「だったら……だったら何で泣いてたんだよ」

「泣いてた？」

「泣いてただろ！　あの時、洞窟で！　金だけの関係なら涙なんか要らないだろ。あ、そうか、金ヅルが死んで悲しいってか」

なぜか俺はムキになっていた。

らいちは上体を起こし、嘲《あざけ》るような目でうそぶく。

「見くびらないで。金ヅルなんか他にいくらでも見つかるわ。私の順番待ち、すごいのよ」

「へえ、そうかい。だったら——」

「関係ないでしょ！」

らいちが初めて声を荒らげた。初めて——出会って初めてのことだった。俺の目の前で彼女の瞳が震えている。俺は面食らって、彼女の言葉をオウム返しにすることしかできなかった。

「関係ない、だと？」

「うん、関係ない。ナルシーがお金で私を買ってることと、ナルシーが死んでしまったことと。もう、しゃべれないんだよ？　あの蘊蓄も、ミステリの話も、売れっ子ライターになりたいって野望も、もう聞けない。彼はもう戻らない。そりゃ」ポツリ、と一粒の涙のように呟く。「泣くよ」

ああ、そうか。俺がイライラしてたのは……何だか成瀬がたった一人で孤独に死んでいったように感じたからなんだ。でも彼女は彼女なりに彼の死を悼《いた》んでいた。

俺は何だかすごく——ホッとした。

「お前、いい奴だな」

らいちは吹き出した。

「何？　突然」

「いや、何かさ――いい奴だなって」

「うん、私、いい奴だよー」

らいちは笑い声のまま続ける。

「そうそう、さっき沖さん言ってましたよね。ナルシーは犯人を脅迫しようとしてたんだって。お金なかったんでしょうね。あれぐらいのレベルのフリーライターってほとんど儲からないじゃないですか。それなのに毎回私に五万払わなくちゃいけなくて。ナルシーは本当に私のことが大好きだったんだ。お昼ごはんの後、私のことを求めてきたよ。何度も、何度も、したよ。自分が殺される予感がしてたんだろうね。死ぬ前に私としたかったんだろうね」

最後の方は涙声になっていた。

「らいち……」

俺は手を伸ばした。しかし、らいちはひらりとベッドから飛び降りた。

「何かごめんなさい。チンポ借りた上に、湿っぽい話までしちゃって。気持ち良かったです、ありがとう。じゃシャワー浴びてきます」

「ちょっと待て。俺も行く」

らいちはいたずらっぽい目で振り返った。

「あ、一緒に入りたいんですか」

「バカ、ちげーよ。見張りだ。犯人がシャワー中を狙ってくるかもしれないだろ」

らいちの目がまず丸くなり、次に細くなった。

「やだ、優しい。惚れそうです」

「こっちは願い下げだね」

こんなことになってしまっても、俺はあくまで渚一筋なのだ。

だから俺がらいちの部屋から出るところを誰にも見られてはいけない。最初に出たらいちが合図をするのを見てから、俺も出た。

俺たちは周囲を警戒しながら大浴場に行った。

「待て。俺が先に入って中の様子を確認する」

脱衣所。怪しい人影、物品なし。

風呂場。人っ子一人、毒蜘蛛《どくぐも》一匹いない。感電させるような仕掛けもない。窓は施錠されている。浴槽は空で、中に誰も潜んでいないのは一目瞭然。

さて、後はシャワーだ。複数並んでいるうちの一本を手に取り、ヘッドの部分を外してみる。中に毒を染み込ませたスポンジを仕込むミステリがあったからだが、異物は入ってなかった。再びヘッドを取り付けて栓を捻った。出てきたお湯を触る。普通のお湯だ。硫酸《りゅうさん》とかではない。

「神経質ですねー」

風呂場の戸口にらいちが立っていた。

「バッ、お前のためにやってやってるんだぞ。いいか、風呂場ってやつは結構な確率で殺人現場になるんだよ。頭とか洗ってたらどうしても無防備になるし、水を利用したトリックが使えるからな」

「ありがとうございます。随分気を遣ってくれるんですね」

「そりゃお前……」

男として一度寝た女は守らないとな。

なんてこと、気恥かしくて絶対言えない。

俺は口を閉ざして俯いたが、らいちは挑発的な上目遣いで見上げてきた。

「そりゃお前……の続きは何ですか？　ん？」


結局、二人でシャワーを浴びた。


別々に脱衣所を出て、俺は階段に向かう。

俺は何をしてるんだ……。まったく何をしてるんだ……。

ぼんやりと階段を上ってると、二階から女の悲鳴が聞こえてきた。尾を引くように叫び続けるこの声は——。

法子だ。

俺は我に返って階段を駆け上がり、法子の部屋のドアを叩いた。

「何かあったんですか！」

だが悲鳴は止まないどころか、ますます大きくなる。ドアノブに手をかけたが、内側から心棒が嵌まっているらしく開かない。

「法子さん、開けてください、法子さん！」

「嫌よ、嫌ー！」

嫌？　開けるのが嫌ってことか？　中で何が起こってる？

そうこうしているうちに、重紀が書斎から、らいちが階下から現れた。何があったのかと聞いてくる。事情を説明していると、ドアが勢い良く開き、中から法子が転り出てきた。

追い詰められた獣のようにギラつく眼で、俺たち三人の顔を順番に睨み付ける。

こっちは呆気に取られるばかりだった。

「大丈夫かね」

重紀が聞く。法子の緊張がふっと緩む。崩れ落ちるように床に膝を突いた。

まさか中で誰かに襲われたのか？

俺は法子の脇を通り、電気が点いた室内を慎重に覗いた。見る限りでは誰もおらず、特に様子がおかしい点もなかった。

やっと落ち着いた法子が訥々《とつとつ》と説明を始めた。どうやら次のようなことがあったらしい。

こんな部屋にいられるかと食堂を出た法子は、自室に戻り、施錠して、ずっと誰も入れなかった。しかし三十分くらい経った頃、尿意を催し、二階のトイレに行った。用を足して部屋に戻ろうと廊下を歩いていると、急に意識を失った。気付いた時には、電気が点いた自室の床に倒れていた。まさか誰かが自分の体を運んだのか？　パニックを起こし、悲鳴を上げた。俺がノックしたので、犯人が戻ってきたのかと思ってさらに怯えた。だがもっと恐ろしい事実に気付いた。

ドアの心棒が嵌まっていたのだ。

「それって犯人はまだ室内にいるってことなんじゃ！」

「だから慌てて外に逃げ出したの」

俺は重紀と顔を見合わせ、二人で室内に突入した。人の気配はない。くまなく探したが、やっぱり誰も潜んでいなかった。

「どういうことだ」

「さっき沖くんが説明した密室トリックがまた使われたんじゃないかね」

重紀に言われて心棒の横の壁を見ると、確かに針で刺したような穴があった。

「だけどこんな密室はおかしい……」

「どういうことだね」

「密室は中に死体があってこその密室なんですよ。今回みたいに生きた人間がいたら、そいつが施錠すればいいだけの話なんだから、何も不思議じゃなくなる」

「なるほど、密室にする理由がないということか」

そう、理由がない。犯人はどうしてこんなことを。何かの攪乱《かくらん》なのか。

攪乱?

その言葉で重要なことを思い出した。

渚だ。すぐ隣の部屋なのに、この騒ぎに対してなぜ一切リアクションがない? 絶対にドアを開けるなという俺の言い付けを忠実に守っているとしても、ドア越しに状況を尋ねるくらいのことはしてもよさそうなのに。

渚の部屋のドアを必死にノックし、呼びかけた。

「渚、俺だ、返事してくれ!」

だが返事はなかった。

躊躇している暇はない。

「ドアを破る。重紀さん、一緒に体当たりお願いします」

「わ、分かった」

重紀と呼吸を合わせて体当たりを繰り返した。回数を数えなくなってから何度目かの体当たりで、ついにドアが開いた。蝶番《ちょうつがい》は外れず、心棒だけが吹っ飛んだ形。俺と重紀は勢い余って室内によろけ込んだ。

法子の部屋と同じく電気は点いていた。

そして床の真ん中に、渚が横ざまに倒れていた。

「渚！」

俺は駆け寄り、その側に屈み込む。目立った外傷はない。

息をしていた。

良かった、生きてた。

本当に良かった。

「しっかりしろ、渚！」

体を揺すると、うっすらと目を開けた。寝起きの声で「ん……」という声を漏らす。

「渚、俺だ、分かるか？」

「沖さ——きゃあっ、何で沖さんがここに！」

渚は弾かれたように飛びのいた。心なしか顔が赤かった。

渚が落ち着いてから質問した。自然に目を覚まさなかったという点と、トイレに行ったのが解散してから約一時間後だという点を除いては、法子とまったく同じ証言だった。二階のトイレから自室に戻る途中の廊下で失神。

そしてこの部屋にも潜伏者はおらず、心棒の横の壁には穴が開いていた。

破壊してしまったので断言できないが、ドアを見る限り、心棒以外の理由で開かなかったということは考えにくかった。「針と糸の密室」トリックが使われたと見るのが妥当だ。

成瀬の部屋の密室と何か関係あるのか？「犯人から証拠を守るために成瀬自身が密室にした」という俺の推理は間違っていたのか？それともそれは合っているが、今回の密室にはまったく別の意図があるのか？だがどんな意図だ？

隣接する二つの密室の中に、気絶させられただけの人間がそれぞれ一人ずつ。何て奇妙な状況だ！犯人の意図がまったく見えない。

大体、犯人はどうやって二人を気絶させたんだ？

二階の部屋の配置を再確認しよう。階段のところに立って廊下の奥を見る。右手の部屋は、手前から元子供部屋、一続きになった深景寝室＋重紀寝室＋重紀書斎。左手は、手前から俺、渚、法子、浅川の四室と、男女兼用のトイレ。

次に二人に質問した。

Q　気絶する前、何か飲み食いしたか？

A　ここ数時間、何も口に入れてない。

↓睡眠薬を盛られた可能性がなくなる。

Q　気絶する瞬間、背後に人の気配を感じたか？

A　そういうことは一切なく、立ち眩《くら》みのようだった。

↓スタンガン、クロロホルム、首筋に手刀など接触攻撃系が除外される。まあ、それらのどれでも一瞬で気絶などしないことは知っているが、念のための確認だ。

Q　気絶したのは本当に廊下の途中か、ドアノブに手をかけた時ではないか？

A　いいえ。

↓ドアノブ通電説もアウト。

くそっ、犯人が取った手段が本気で分からない。ガスでも充満させたか？　だが廊下はちっとも密閉されてない。非現実的だ。

だとするとアレか？　嘘なのか？　信じたくないが、二人がグルで一芝居打っている？　だが何のために？　ミステリでありがちなのは、襲われたように見せかけることで嫌疑から逃れるというものだが、その理由なら密室にしてはいけない。犯人が自分しかいなくなってしまうからだ。

「なぜ」無意味な密室を作ったのか？

「どうやって」二人を気絶させたのか？

「誰が」こんなことをしたのか？

分からない。この事件は俺の理解を超えている。

言えるのは、今後も誰か襲われるかもしれないということだけだ。

一刻も早く警察に来てほしい。

「重紀さん、無線ＬＡＮはまだ直らないんですか」

「もう一度見てくるよ」

重紀は書斎に入った。その間に俺たちは各自の携帯を確認したが、未だに圏外だった。しばらくして書斎から出てきた重紀は、黙って胸の前でバツを作った。

法子がついに爆発した。

「もう嫌だ！　何で私たちが襲われないといけないのよ！　こんなことしてるのは誰？　この中にいるんでしょ？　答えなさい！」

しかし今の法子の弱りようでは、女巨人の大いなる怒りではなく、小物女のヒステリーにしか見えず、いたたまれなかった。

内容自体には同感だ。法子を、そして何より渚を傷付けやがって。絶対許せねえ。

法子の言う通り、犯人はこの中にいるのか？

それとも浅川と深景か？

誰なんだ！

パン、パンと手を叩く音がした。

全員、音のした方を見た。らいちだった。彼女は場違いな笑顔で言った。

「下手に犯人を刺激したらいけないと思って警察を待つつもりでしたが、このままだと仲間割れに発展しそうなので仕方ありません。やります。解決編」

「え？」

俺は思わず声を出していた。

挿話　井の中の蛙《かわず》

いやいやいやいやいやちょっと待て。

え？

これ、見え見えすぎでしょ？

浅川が重紀になりすましているでＦＡ《ファイナルアンサー》でしょ？

登場人物表の時点でクソの臭いはしてたんだよ。黒沼重紀……仮面の男とか書いてあって、まさか今更入れ替わりじゃないですよねって思いながら読んでたんだが、どうやらそのまさからしい。

浅川と重紀は同じくらいの体格、日焼け具合、毛深さ、年齢。重紀の声は真似しやすいしわがれ声。犯人は左利きで、浅川も左利き。

ここまで来たらもう確定でしょ。これがミスリードだったら笑う。というかミスリードのためのミスリードすぎてクソ。

動機は島を含む財産を奪い取るためだろう。浅川は特二等船室も使えないくらい金に困っているようだし。

深景は殺されたのかな。二人が共犯なら深景が姿を消す意味もないし、殺されたんだろうな。

「挿話　清水の舞台から飛び降りる」の「『浅川史則』は死んだ」は、今後黒沼重紀として暮らしていくから、浅川史則は社会的に死んだ、くらいの意味だろう。小手先だけのB級叙述トリック。「　」を付けたのはアンフェアだって言われないためだろうけど、だったら最初からそんなことしなきゃいいのに。

「挿話　壁に耳あり障子に目あり」の「仮面の男——正確を期すため敢えてこう表記する」もひどい。いくら三人称地の文で嘘がつけないからって、これは……。

作者さんさぁ、仮面を使った入れ替わりとか、そんなもんは今時トリックにもならないんですよ。それは前提条件とした上で、もっとこう、いろいろと広げていかないと。挑戦状で「本書の難易度は非常に高く」とか、ぶち上げておいて、まさかの入れ替わり。

百万歩譲って入れ替わりを許したとして、ミステリマニアのはずの主人公がまったくその可能性に思い至らないのが不自然すぎる。キャラがぶれてる。

確かことわざのタイトルを当てろとか言ってたな。竜頭蛇尾殺人事件とか、大山鳴動して鼠一匹殺人事件とかでいいんじゃね。字数が合わないけど。真面目に考える気も起きない。

さて、あと少しだし、一気に読んでしまうか。どんな駄作でも一応最後まで読むのが信条なので。

第六章　快刀乱麻を断つ

解決編。

慣れ親しんだはずの言葉も、らいちの口から発せられると、まったく別の意味があるんじゃないかと思ってしまう。

念のため聞いてみることにした。

「解決編って何だ」

らいちは愉快そうに答えた。

「嫌だなあ、ミステリマニアの沖さんが知らないわけないでしょ。分かったんですよ、一連の事件の犯人が。それを今から話すんです、私が」

ああ、やっぱりその解決編ね。

――って嘘だろ！

だってついさっきまでナルシーが死んで悲しいよーってメソメソしてたじゃねえ

か。あの流れからどうやって犯人が分かるに至ったんだよ。

大体そんなキャラじゃないだろ。推理小説だったら、大抵真っ先に殺されるか、生き残ってても大局に絡まないお色気担当が関の山のポジションだろ。そんな奴が解決編って言ってもねえ。正直、メンバー八人の中で最も探偵役っぽくないと思う。いや、真相のしの字も分かっていない俺に偉そうなことを言う資格はないが。

信じられないのは他の連中も同じみたいで、口々にこんなことを聞く。

「本当に犯人が分かったの」

「はい」

「犯行を目撃したのかね」

「そんなんじゃないですって！　ちゃんと推理したんです。立ち話も何ですから、どこかに集まりましょう。どこがいいかしら」

「食堂でいいんじゃね。さっき行った時はもうほとんど焦げ臭くなかったぞ」

俺は助け舟を出した。どんな「推理」をしたのか逆に聞いてみたくなった。

俺たちは一階に下りた。らいちは解決編に必要なものを取ってくると言って自分の部屋に行った。俺たちは先に食堂に入り、各自の椅子に座った。

らいちもすぐに後からやってきた。ポーチを持っていた。そこからデジカメを出す。おがさわら丸や湾岸風景を撮っていたやつだ。あれが「解決編に必要なもの」なのか？

らいちは立ったまま言った。

「じゃ、今から解決編やりまーす」

何とも緊張感のない宣言だ。

「ま、解決編といっても大したことはありません。ただこのデジカメを見ればいいんです。そしたらすべてが分かります」

あ、まさかデジカメに犯行の瞬間が写っているのか？　もしそうなら推理でも何でもないが、現実的にはこれ以上ない証拠となる。

らいちはデジカメを机の上に置いたが、片手は添えたままだった。犯人が破壊するような素振りを見せたらすぐ引っ込められるようにしているんだろう。

「それではムービースタート」

らいちはボタンを押した。俺はゴクリと唾を飲んだ。

小さいモニターに黄緑色が映った。俺は犯人の破壊行動と間違われない程度に身を乗り出し、モニターを見つめた。

黄緑色はこの島の丘陵地帯だった。この館が存在する窪みの縁がすべて映っているが、館自体は映らない水平な角度だった。

画面の右下に時刻が表示されている。現在、午後零時半。ちょうど昼飯を食べ終わった頃だ。

それが一秒刻みで進んでいる。動画か。

「今から早送りしますが、決して画面から目を離さないでください」

らいちが別のボタンを押すと、時刻が目まぐるしく進み始めた。しかし風景に大した変化はない。

と、突然、窪みの中から何者かが現れ、ものすごい勢いで画面外に消えていった。

この動画を見始めてから初めて映った人影だった。

「あ、行っちゃった。ちょっと戻します」

何者かが後ろ向きのまま猛スピードで戻ってきて、窪みの中に消えた。

時間の流れが正常に戻った。

何者かの頭が今度はゆっくりと窪みの縁から出てきた。何者かは俺だった。時刻は午後三時。ということは、浅川と深景が島のどこかに潜んでいないか探しに出たところだ。隠し撮りされていた？　でも一体どこから？

その後、早送りと巻き戻しを挟みながら、人が出入りするのを見ていった。

午後三時二十分、渚外出。

午後三時半、成瀬外出。

午後三時三十五分、法子外出。

午後三時五十分、法子帰館。

午後三時五十五分、重紀外出。

午後四時、俺・渚帰館。

午後四時十分、重紀帰館。

午後五時、俺・渚・法子・らいち・重紀外出。

午後五時二十五分、雨が降り始める。

午後五時半、俺・渚・法子・らいち・重紀帰館。

午後六時、らいちが手を伸ばしてきたところで映像は終わっていた。

「はい、これでみなさんにも犯人が分かりましたね」

「え？　いやいやそれ以前にこの映像何？　どっから撮ってたの？」

「窪みから出たところに一本の木がありますね。その木のうろに、このデジカメを録画モードにした状態で入れておいたんです」

「ああ、確かに木があるな……。いや、でも何でそんなことを」

「駆け落ちが殺人じゃないかって疑ってたから」

俺はハッとした。らいちも俺と同じことを？

場がざわついた。

「駆け落ちが殺人？」

「一体どういうことなの！」

「私、昨日の夜、窓を開けて寝ていました。そしたら夜中にクルーザーのエンジン音で目が覚めたんです。その時は特に気にせず、また寝ちゃったんですけど、今朝早く起きてからやっぱり気になって船着き場に行ったら、クルーザーはありませんでした。誰が使ってるんだろうと思って、みんなの部屋をこっそり覗いて回ったところ、深景さんの部屋であの書き置きを見つけました」

「えっ、お前、法子さんより先にあれ見つけてたのかよ」

「何ですぐに言わないの！」

「ごめんなさい。少し考えがあったんです。結局ハズレだったんですけど」

「ハズレ？」

「まあそれは今は置いときましょう。あの書き置きを読んで私は、ああ、あのクルーザー音は二人が出ていく時の音だったんだって思いました。だけどすぐに変だって気付いたんです」

「変とは？」

重紀に聞かれて、らいちは俺も気付いた三度の音の間隔の違和感、そしてそこから導き出される恐るべき仮説について説明した。

やっぱりらいちは俺と同じことを考えていた。それもまったく同じ手がかりから。

二人の人間が別々に同じ推理をしたことで、俺は今こそ確信できた。やはり二人は駆け落ちじゃなくて殺されている。

だがこの話を今聞かされたばかりの他の連中は、まだ半信半疑のようだった。

「確かにおかしいと言えばおかしいけど……」

「何かの偶然が重なって、そんな風に聞こえてしまったのではないかね」

「まあいいでしょう。このことについては後で明らかにします。とにかく悪意のある人間が陰で動いている。そう思った私は、自分のデジカメを監視カメラ代わりにすることにしました。一台しかないからどこに設置しようか随分悩んだんですが、結局館の出入りを完全に見渡せるあの木のうろの中にしました。設置したのは午前八時で、録画もそこから始まってます。午前中の映像は事件と関係ないから、午後のだけ見てもらいましたけどね。そんな予防線を張っていたところ、案の定二件目の殺人が起こり、このデジカメが役立つことになりました」

そこまで先読みしていたとは……。まさかこいつ、クローズドサークル慣れしている!?

そっち方面でも経験豊富なのかもしれない彼女は続ける。

「ナルシー殺害事件で、このデジカメは小説で言うところの『神の視点』として機能しました」

人間が作ったデジカメを「神の視点」とは不敬が過ぎる——と皮肉な気分になったが、黙って続きを聞くことにする。

「さっきも言いましたけど、この映像を見れば犯人は丸分かりです。まず私は犯人じゃありません。お昼ごはんの後、一度も窪みの外に出てませんから」

「何か怪しいな。自分で仕掛けたカメラが無実の証明になるなんて。何かトリックがあるんじゃないか」

俺が言うと、らいちは冗談めかして、

「そう思うなら沖さん、あなたがそのトリックを見破ってみたらどうですか。何回見ていただいても、映像には編集の跡はないし、カメラに写らないで窪みの外に出る方法もないと思いますけどね」

「一応言ってみただけだ。許せ」

「許します。他の人も異論があればどんどん言ってくださいね！　ありませんか？　じゃあ話を続けます。私以外の人は全員一回ずつ外に出てますね。沖さん、小野寺さん、中条さん、重紀さん」

俺と渚の外出時間が長いな……。法子と重紀はすぐ戻ってきてる。まあ、これを口にすると俺と渚に疑いが向けられるので黙っているが。実際十五分もあれば、洞窟まで行って成瀬を殺して戻ってくることは充分可能だろうから、法子と重紀も嫌疑から外れるわけじゃない。

「この四人の中で、犯行が可能だった人物は一人しかいません。誰だか分かりますか。今から三分あげますので、ちょっと考えてみてください」

らいちは生き生きと言った。そうか、今更気付いたが、こいつもまたミステリマニアなのかもしれない。門前の小僧習わぬ経を読むってやつなのか、それとも元から好きだったので成瀬と意気投合したのか。

そんな彼女が不謹慎に思えたらしく、法子が噛み付いた。

「ちょっと、これは遊びじゃないのよ」

「まあまあ、こんな時だからこそ楽しくやりましょうよ」

らいちは一見ふざけているようだが、俺はさっきの弱音を知っている。やはり強がっているのか。分からない。彼女の笑顔は完璧に見える。彼女も俺と同じく二つの顔を持っているのだろうか。

……とにかく今は事件のことを考えよう。

デジカメには誰かがアイスピックを持っているところが写っているわけではない。窪みを出入りするところしか写っていないのに、この映像だけで四人を一人まで減らす？　本当にそんなことが可能なのか？

利き腕の件を持ち出せば法子一人に限定できるが、映像とは関係がない。

外出時間でもないとすれば……順番か？　成瀬より先に出たか、後に出たか。

俺は成瀬が犯人を洞窟に呼び出した方法を想像してみる。「お前の秘密を知っている。X時に洞窟に来い。　成瀬」とでも書いた便箋を、ドアの下の隙間から犯人の部屋に入れる。それを読んだ犯人はX時に洞窟に向かう。そこに成瀬がいなければ、犯人は担がれたと思って帰ってしまうかもしれない。交渉を成功させたい成瀬は、必ず犯人より先に洞窟に着けるよう、早めに館を出るはずだ。

すると成瀬より後に館を出ている法子か重紀が怪しいのか？　法子は直後に、重紀はしばらく経ってから出発している。どっちだ？　成瀬はどれだけ早めに出たんだ？

そこまで考えてから、この推理がまったく確実ではないことに気付いた。

成瀬が早めに出たとしても、犯人は待ち伏せするためにさらに早く出たかもしれない。

大体この推理は成瀬が犯人を呼び出したということを前提にしている。様々な状況証拠から見て、成瀬が犯人を脅迫していたのはほぼ間違いないと思うが、それでも脅迫された犯人が「じゃあ誰にも聞かれない場所で話そう」と逆に成瀬を呼び出した可能性もある。そうなると今までの推理はすべてひっくり返り、成瀬より「早めに」出発した俺と渚が怪しいということになってくる。

散歩中にたまたま出くわして、脅迫されて、衝動的に殺してしまったということだってあり得るのだ——いや、それはないか。犯人はわざわざキッチンからアイスピックを持ち出してるんだ。計画的犯罪に決まって——待てよ。

もしかして核心はここか？　なら犯人は——。

俺はバッと顔を上げ、らいちの方を見た。

「その目は分かったみたいね沖さん。さあ、解答をどうぞ」

俺は口を開いたが、口内がやたら粘付いている。全身の震えが止まらない。

「——誰がアイスピックを持ち運べたのか。そういうことなんだろ」

らいちはニヤリと笑う。

「正解」

気付いてみれば簡単なことだった。何でこんなに時間がかかったのだろうと自分でも不思議に思うくらいだ。

「そうか！」「そういうことか！」

「お二人も気付いたようですね。そう、沖さんが言った通り、誰がアイスピックを持ち運べたのか。その一点にさえ着目すれば犯人は一目瞭然です。デジカメに写っている限りでは、誰も何も持っていないように見えました。アイスピックは十五センチくらいで、手の中には収まりません。ならそれを隠せるのは一人しかいませんね。普通なら服の裏に貼り付けたりするところですが、私たちは普通じゃありません。

何と言っても私たちはヌーディストですから。その裏にアイスピックを隠せる衣類を一切身に着けていないわけですから」

そう――。

確かに俺たちはヌーディストだ。それも、人の手の入ったビーチでキャッキャウフフするだけの軟弱な連中とは違う。裸足《はだし》で大自然を駆けることを至上の喜びとする「アウトドア派」だ。

そんな俺たちは、ヌーディズム先進国と言われるドイツやフランスでならともかく、日本では単なる露出狂扱いだというのが現状である。俺たちは裸を見せたいんじゃない。ただ裸になりたいだけなんだ。裸になって、全身で風を受け、素足で大地を踏みしめ、股間で波を感じたい。すごく気持ちいいんだ。

俺は服を脱ぐと楽しくて楽しくて、屋外はもちろん、屋内であってもテンションがうなぎのぼりになってしまう。いわゆる「南国モード」だ。南国と言っても、最初に法子が名付けたのをそのままみんな使ってるだけで、実際は再従兄弟島以外の場所でも裸になりさえすれば発動する。例えばおがさわら丸でシャワーを浴びた時など。

裸になることはこんなにも楽しいのに、奴らはそれを理解しない。だから俺たちは口を噤む。俺がヌーディストだってことは職場の誰にも言ってない。言えば百パーセント引かれる。それどころか上司に呼び出されて注意されるだろう。公務員の不祥事。白昼堂々わいせつ行為。この国では屋外で裸になることは犯罪なのだ。

俺以外にも、周囲の人間にヌーディストであることを秘密にしているというメンバーは多い。俺たちが連絡先を交換しない協定を結んだのも、自分の生活圏に他のヌーディストを入れたくなかったからだ。

それだけに、誰にも見られず裸になれそうな「穴場」を教えてくれた上、本名でヌーディスト体験記を書いていた成瀬は勇者だったし、大自然の中で思う存分裸になれる楽園を提供してくれた重紀は神だった。

この島では俺たちは基本的にはいつも全裸である。気が乗らなければ服を着ても構わないが、大抵みんなここぞとばかりに全裸である。今年もみんな部屋に着いた途端に脱いでいた。重紀は船着き場で会った時からすでに全裸で、初参加のらいちを驚かせていたが。

靴すら履いてないので、カメラに写らずにアイスピックを持ち運ぶことは不可能なのである。ただ一人を除いて。

「だけどあなただけは違いました」

らいちが言葉を継ぐ。みんなの視線がその人物に集まる。

「あなただけはアイスピックを隠して持ち運べるようなものを身に着けていました。仮面は本来顔を隠すものですが、よく考えたら他のものだって隠すことができるわけです。犯人はあなたですね、黒沼重紀さん」

重紀が、犯人。

たった今、自分でも辿り着いた結論だ。だが人に口に出して言われると全然パンチが違った。俺はひどく打ちのめされてノックアウト寸前だった。渚や法子も同じ状態のようだ。

重紀はどういうつもりか反論しない。

……ぼんやりした頭の中で、しかし俺は考えていた。今の推理、一見筋が通っているが、実は穴がある。大きな穴と小さな穴が一つずつ。後者はこの場で口にするようなことじゃないが、前者はさすがにスルーできない。

俺は前者の穴を指摘した。

「刺し傷から見て犯人は左利きだと思うが、重紀さんは右利きだ。この点についてはどう説明する？」

「確かに重紀さんは右利きですね。でも浅川さんは左利きなんだからいいでしょ」

「浅川？」

何だ？　今どうして関係ない浅川の名前が出てくる？

「そこにいるのは重紀さんじゃなくて浅川さんってことですよ。ごめんなさい、私、さっき嘘つきました。犯人は黒沼重紀さんではなく浅川史則さんでした。仮面の男が入れ替わってるって、ミステリでは基本中の基本でしょ」

な、に——。

重紀と浅川が入れ替わってる？

おそらく誰も考え付かなかったであろう可能性が、俺たちから一切の言葉を奪う。

——やがて静寂の中に笑い声が生まれた。

「く、くくく……」

重紀だった。

「はっはっはっ、上木さん、貴女《あなた》は面白いことを考える人だ。だが残念ながら私は浅川ではなく黒沼重紀本人なのだよ」

「ではその仮面を取って証明してください」

「らいちちゃん、いくら何でもそれはだめ！」

横合いから法子の声が飛んだ。

「いや、構わんよ中条さん。いいだろう。望み通り仮面を取ってやろう」

そして男は仮面を脱いだ。

「うっ」

俺は思わず声を上げてから、しまったと思った。

赤黒く爛《ただ》れ、潰れ、変形した顔。事故の悲惨さ、五年間の苦悩を凝縮したかのような顔がそこにはあった。

重紀は再び仮面を着けて言った。

「これで満足したかね？」

「ええ。ハリウッドばりの特殊メイクが見られて満足してるわ」

え、今のが特殊メイク？

そういえばグロくて直視できなかったが、どこか浅川の面影があったような——。

いや、それ以前に。

「あり得ないから！」

確かに仮面を使った入れ替わりトリックは基本中の基本だ。だからミステリマニアの俺は初めて二人に会った時、当然真っ先に入れ替わりを連想した。だがよく見たらだめなのだ。

二人は体格も、肉付きも、日焼け具合も、毛深さもほぼ同じで、重紀のしわがれ声は真似しやすい。

だが一箇所だけ決定的に違う点がある。

それは――。

「あり得ないよ。だって――浅川さんは包茎で、重紀さんはきれいに剝けてるんだから」

ヌーディストの間では、相手の性器に目線をやることはタブーとされている。だが全裸で一緒に過ごしていると、嫌でも見えてしまう場面というのが少なからず存在する。今、目の前にいる仮面の男はズル剝けだ。だからミステリマニアの俺も今回の事件中は一切入れ替わりを考慮しなかった。

だが、らいちはこう言った。こう言ったのだ。

「それは一晩で包茎手術したからです、自分で」

は？

「浅川さん、あなたは何のお医者さんなんですか。泌尿器科か美容外科の、包茎手術ができるお医者さんなんじゃないですか」

そういえば俺は浅川が何科の医者か知らなかった。一年目に聞いてはぐらかされて以来、詮索《せんさく》しないようにしていたのだ。

仮面の男は答えない。

代わりに俺が叫んだ。

「いくら包茎クリニックの医者でも無理に決まってるだろ！　こんな機材の揃ってない孤島で、一晩で、自分のを手術するなんて。無理に決まってる」

「決まってません。私、包茎クリニックの院長してる友達がいるんですけど」

院長が友達？

「自分で自分の包茎手術はできるって言ってました。自分でやった医者のエピソードを紹介している本もあるんですって。その本によると、部分麻酔をかけて無理な姿勢でやるから、通常なら一時間弱で終わるところが二時間くらいかかったらしいけど、それでも無事成功したそうです。だから人生賭けるつもりでやれば不可能じゃないってこと。そんなかさばる機材は必要ないので、リュックに入れて持ち込めばいい。ヌーディストは着替えがほとんど必要ないんだから、どうせリュックのスペースは余ってるしね」

その通りだった。俺も衣類は帰りのトランクスと靴下しか入れてない。だからリュックは船室のベッドにポスッと投げ置けるくらい軽くて済んだ。その代わり、服にラーメンの汁がかかった時は乾かすしかなかった。

らいちは続ける。

「問題は術中よりも術後。出血はすぐ止まるらしいけど、さすがに抜糸するわけにはいかない。これじゃいくらヌーディストがあそこを見ないっていってもモロバレ。そこを浅川さんはある方法でクリアしました」

「ある方法、だと？」

「これもその院長から聞いた話なんだけど、現在の包茎手術は亀頭直下法っていって、亀頭の真下の皮を切ってそこで縫い合わせる方法が主流。でも浅川さんは根部形成法っていって、根元の皮を切ってそこで縫い合わせる方法を採った。この根部形成法はいくつかの問題点があって今では主流じゃなくなってしまったけど、当時は縫い痕と、色の境界線が陰毛で隠れる画期的な方法として持て囃されたの」

「何だって！　じゃ今重紀さん、いや、あの男のペニスには」

「毛深い陰毛の下にあるはずです。少なくとも三年前から剝けていた重紀さんにはあるはずのない真新しい包茎手術の痕がね。さあ、見せなさい、あなたのチンポを！」

仮面の男は依然沈黙を保っている。だが余裕の沈黙というわけではなく、明らかに動揺していた。

らいちはさらに畳みかける。

「やましいことがないなら見せられるはずよ！　ほら、さっさと見せなよ！　ずっと仮面で隠してた潰れた顔は見せられるのに、いつもブラブラさせてるそれは見せられないわけ？」

仮面の男はゆっくりと立ち上がった。そしてふさふさと生い茂った陰毛を掻き分けて見せた。

「あっ」

俺たちは声を上げた。

彼のペニスの根元には、肌色の糸を使って極力目立たないようにしているものの、明らかな縫い痕と色の境界線があった。

彼は再び腰を下ろして言った。

「俺の負けだ。全部君の言う通りだ」

一人称が私から俺になり、声も重紀のしわがれ声ではなく完全に浅川のものになっていた。

「まさか……本当に浅川さんなのか」

「ああ、そうだ。浅川だ。俺が三人を殺した」

本当に――これが本当なのか。

目に映るすべてが黒くドロドロと溶けていくような感じがした。推理小説を読み終わった時のカタルシスなどそこにはなかった。

「何でっ！　何でこんなことをっ！」

法子がほとんど悲鳴のような声で聞いた。

浅川は語り始めた。

「ヤクザの息子の包茎手術をミスっちゃってね。その日から……」

「あ、待ってください」とらいちがすかさず挙手した。「それはヤクザのムスコという意味ですか、それともヤクザの息子のムスコという意味ですか」

「そんなこと今はどっちでもいいだろ」

俺は窘めたが、浅川は喉の奥で笑ってから答えた。

「後者だよ。その日から逃亡生活さ。金と安全な場所が欲しい。そんな時、俺は自分と重紀が顔とペニスを除けば瓜二つだということに気付いた。俺は重紀を殺して、仮面と包茎手術で入れ替わることにした。だが俺たちは協定のせいでお互いの連絡先を知らないから、こっそり重紀に会って殺すということはできなかった。一年に一度のこのオフ会しかチャンスはなかったんだ」

それでいつもの白衣を着てこなかったのか。ヤクザに追われているのに、いかにも医者でございなんて格好できないよな。

浅川は続ける。

「一ヵ月前、重紀が隠し掲示板に自分の写真をアップロードしただろ。あれを見て、肉付きや日焼け具合などの最終調整を行った。だが数日間しか滞在しない君たちの目は欺けても、今後ずっと深景を騙し続けるのは不可能だから、殺すか、味方に引き入れるしかなかった。あの女は離婚寸前の上、俺にベタ惚れだったから、計画を話せばあるいは協力してくれたかもしれないが、こっちは何とも思っちゃいなかったからね。例の書き置きを書かせた後で死んでもらったよ。駆け落ちにも見せかけられたし、一石二鳥だった」

「ひどい……」

いつも通りの飄々とした口調なのが癇《かん》に障る。

「俺は黒沼夫妻を別々に船着き場に呼び出して殺害し、仮面を奪った。それから、さっきらいちちゃんが推理したように、クルーザーで二人の死体を沖合に捨てに行った。一旦船着き場に戻ってから、アクセルを固定してクルーザーを無人発進させた。今頃は太平洋のど真ん中でガス欠起こしてるだろうな。

その後は緊張の一瞬、重紀の寝室でブラック・ジャックよろしく自分自身の包茎手術さ。でもそこまで難しくないってことは経験的に知っていた。無事成功したよ。むしろ今朝みんなの前に姿を見せた時の方がずっと緊張した。幸い誰にもバレなかった。成功だ。後は陰鬱《いんうつ》な雰囲気を撒き散らしてみんなをさっさと追い払って――と思っていたら、成瀬に置き手紙で洞窟に呼び出されて、真相をズバリ言い当てられた。

奴は俺が包茎クリニックの院長だと知っていた。俺はクリニックのホームページに名前と顔を出してるけど、浅川史則ってのは偽名だから、普通なら辿り着けるはずがないんだ。何で分かったんだと問い詰めると、何とあいつ、二年目のオフ会の後、俺のことを尾行してやがったんだと。俺の人気に嫉妬して、化けの皮を剝がしてやりたいとかいうくだらない理由でね。

包茎の謎さえ解決すれば、あとは単純な入れ替わりトリックだ。成瀬は沈黙の対価として金を要求してきた。あいつには勝算があったみたいだな。莫大な財産を手に入れたんだから、ちょっとぐらい分けてくれるだろうって思っていた節がある。自分を殺したら警察が来て第一の殺人も発覚するかもよ、とも言っていた。愚かな奴だ。自分の性格も俺の性格も分かっちゃいない。どう見てもあいつは黙ってられるタイプじゃないし――数年後、「僕はあの事件の真実を知っている」とかしたり顔で言い出す姿が目に浮かぶよ――俺はそんな奴を放置できるほど肝が据わってないからな。仮面の裏に隠し持っていたアイスピックできっちりぶっ殺した。

この仮面はゴムパッドで頭部に固定するタイプだ。だからゴムパッド分、顔面から浮いている。そのスペースにアイスピックを貼り付けた。顔の脂とセロハンテープの跡が付かないようサランラップにくるんでな。それから指紋対策として、両手に透明なゴム手袋もしていた。これはよく見ないと手袋をしているとは分からない代物で、成瀬も気付かなかったようだ。

右手で仮面を取って素顔を晒すと、負けを認めたと思ったのか成瀬は明らかに油断した。すかさず左手でアイスピックを剝がし、ラップのまま刺した。右手でもソーメンくらいはすくえるように練習したけど、やっぱり命を賭けた闘いの時は利き腕がい い。みんなが俺を重紀だと思ってくれている以上、嫌疑から外れることもできるしね。

事が終わると、俺はテープとラップを剝がし、ゴム手袋と一緒に海に捨てた。返り血はビーチで洗い流した。アイスピックはかさばるから持ち去らなかったんだが、今から思えば失敗だったかな。いや、失敗というより結果論か。俺はらいちちゃんがデジカメを仕掛けているなんて知る由もなかったんだから。デジカメがなければ、犯人が普通に人目を盗んでアイスピックを持ち出しただけという可能性が残って、俺だけが犯行可能だったという理論は成立しない。

そうそう、海に捨てるといえば、一瞬成瀬の死体も海に捨てて事件自体を隠蔽することも考えた。だが黒沼夫妻の時と違ってクルーザーがない以上、『駆け落ち』のような失踪理由をでっち上げることは難しい。ここまで来たら警察の介入は避けられないだろうと腹を括って、死体を運んでいるところを目撃されるというリスクの方を避けることにした。警察が来たら、当然重紀のふりで押し通すつもりだったさ。警察の目を欺くのは難しいかもしれないが、俺にはもうそうするしか手段が残されていなかった。全部成瀬が悪い。

後は沖くんの推理通りだ。成瀬が何かまずいものを残していないかと部屋に行ったら、施錠されていた。中に誰かいるのか？　だがみんなの部屋の窓に石を投げてみると、全員自分の部屋にいることが分かった。そこで窓を割って中に入ると、机の上に携帯が置かれていて告発文が表示されていた。きっと全員で密室を破った際、俺に証拠隠滅されないよう目立つ場所に置いたんだろうが、先に一人で入ってしまえばこっちのもんだ。一通り家探ししたが、他にヤバそうなものはなかったから、携帯だけをレンジでチンした。『針と糸の密室』なんて大げさなことをした割には、足止め程度にしかならなかったなあ」

「そんなことはありません」

らいちが口を挟んだ。

「私はあれのおかげであなたのトリックに気付けたんですから」

「どういう意味だ」

浅川は語りを邪魔されたのが気に食わなかったのか、不機嫌そうな声で聞いた。

「分からないんですか。『針と糸の密室』……『針と糸』ですよ。あなたはまさにそれを使って包茎手術をしたんでしょう」

「まさかっ……！」

「そう、これは二段構えの罠だったんですよ。密室を破らなければ、携帯の告発文をみんなに読まれてしまう。密室を破っても、窓が割れていることの不自然さが注目され、錠の真横の壁に開いている穴から、『針と糸の密室』トリックが実行されたことが分かる。『針と糸の密室』は壁に針の穴が残ることが最大の欠点ですが、ナルシーはそれを逆手に取ったわけです。そして『針と糸』という言葉が、今回のトリックの肝になっている『包茎手術』を連想させる……。ナルシーが人生最後に考案したダイイングメッセージのための密室、本当に美しいと思います」

ダイイングメッセージを密室内に封印するだけではなく、密室を作った方法そのものもダイイングメッセージとなる。これが成瀬の思い付いたネタだったのか。

俺と成瀬はこの館のドアを見て、『針と糸の密室』ができるなと話したことがある。そして殺される直前のダイイングメッセージ談義。だからこれは俺に向けたメッセージでもあったんだろう。

だが敢えて言わせてもらおう。

んなモン分かるかボケッ！

でもらいちには分かったらしい。金での結び付きとか言いながら、何やかんやで似た者同士なんじゃないのか、このバカップルは……。そう思うと、ちょっとだけ救われた気がした。

成瀬、お前の仇はお前が愛した女が取ってくれたぞ。

感慨にふけっていると、法子が浅川に向かって言った。

「『針と糸の密室』で思い出したけど、私と渚ちゃんを襲って密室の中に閉じ込めたのは結局何のためだったの」

浅川は両手を広げて肩を竦めた。

「知らんよ。俺はやってないからね」

「あんた以外の誰がそんなことするって言うのよ！」

「さあな。とにかく俺じゃない。今更嘘ついたって仕方ないだろ」

一応正論だったので、法子は黙った。

だが浅川じゃないなら一体誰が……。

その時、閃《ひらめ》いた。

まさかあいつが？　あのことを確認するために？　だとしたら、あれも同じ目的だったのか？　何てこった。すっかり騙された。だが気付けただけでも奇跡かもしれない。何せまともじゃない発想だ。常軌を逸している……。
俺は一瞬、深い物思いに沈んだ。だがそれは危険な行為だった。忘れていた。殺人犯と同じテーブルに着いていることを。

突如、浅川が立ち上がった。

しまったと思った時には、奴はキッチンに駆け込んでいた。
そこには当然刃物がある。
止めなければと思ったが、ビビって咄嗟に動けない。
戸棚を開け閉めする音。すぐに戻ってきた。その手には鈍く光る包丁。
「何で俺が洗いざらいしゃべったか分かるか。お前らにはここで死んでもらうからだ」
浅川はそう言って、俺の方に突っ込んでくる。
何で俺からなんだよ！　ああ、まず男を殺してこっちの戦力を削ぐ気か。
そんなことには頭が回るけど、肝心の体は動かない。
だめだ、刺される――。

その時、俺の横から誰か飛び出した。らいちだった。

浅川の足が鈍った。らいちは浅川に向かっていく。危ない、と叫んだつもりが声にならなかった。

浅川は包丁を突き出す。

らいちは——素早くその手首を弾き、刃の軌道を逸らした。

そのまま浅川の腹に正拳突きを叩き込む。そこにバチンと火花が散った。

火花？

浅川は全身をびくっと震わせ、棒のように倒れた。瀕死のゴキブリみたいに手足を動かしているが、立ち上がることはできないようだ。

らいちの手にはスタンガンが握られていた。正拳でも何でもなかった。

らいちは火花をバチバチ散らす電極を浅川の首筋に押し付け続けた。浅川の体がびくんびくんと跳ねる。そしてとうとう、時々不随意的に痙攣する以外はまったく動かなくなった。

「小野寺さんは物置からロープを持ってきてください。沖さんと中条さんは突然の復活に備えて、椅子を振り上げた状態で待機してください」

らいちはテキパキと指示を出す。

「あ、ああ……」

呆気に取られた俺たちは唯々諾々と従った。

椅子を大上段に構えたまま、俺はらいちに言った。

「さっきのすごかったな。あの、手首を弾いたやつ」

「友達のSPに護身術を習ってますから」

らいちは何でもないという風に答えた。

包茎クリニックの院長に続き、今度はSPか。友達っつーか援交の客だろ。

「でも何でスタンガンなんか持ってたんだ」

「護身用に」

そっけない返事。普通旅行に持ってくるか？　と思ったが、答えたくなさそうだったので、それ以上追及しなかった。

そのうち渚がロープを取ってきた。らいちは熟練の手付きで浅川をぐるぐる巻きにする。SMプレイで慣れているのだろうか。さすがに亀甲《きっこう》縛りではなかったが。

「もう下ろしてもいいですよ、椅子」

俺と法子は言われた通りにした。自然とため息が出る。緊張の時は去った。

らいちは浅川を指差して言った。

「さて、みなさん。この人をどうしますか」

「どうって……」

「そりゃ警察に引き渡すしかないでしょう」

「でも、そうすると皆さんに不利益があると思いますけど……」

らいちは人差し指を唇に当てて意味深なことを言う。

「不利益？　どういう意味だ」

「考えてもみてください。重紀さんも深景さんも身寄りがいないと聞きました。この場合、夫妻の遺産は国有財産になるんじゃなかったでしたっけ、中条さん」

「あなたの言う通りよ。ただし本当に相続人がいないか公告で何度も呼びかけた上で、遺言状や債権者や特別縁故者（相続人以外で、死亡者と生計を同じくしていた者や、死亡者の療養看護に努めた者）が存在しない場合に限るけど。今回はどれもないと思うから、そうね、国庫に行くでしょうね。でもあなた、よくこんなこと知ってるわね」

「以前、弁護士の友達から聞いたことがあるんです」

客層広いな。

「でもそれがどうしたの」

「まだ気付きませんか。黒沼夫妻が亡くなったことが明るみに出たら、この島も国有地になり、あなたたちが自由に出入りできなくなるんですよ」

俺はハッとした。

事件に気を取られてそこまで思い至らなかったが、もうこの島で遊べなくなる？　法子と渚も今初めて気付いたらしく、顔面蒼白になっている。

「つまり、あなたたちはようやく見つけたこの楽園を失う――。私はただナルシーに付いてきただけでヌーディストでも何でもないので別に構いませんが、あなたたちにとっては致命的でしょう」

そう、致命的だ。

「どうしよう。どうすればいいんだ？」

「警察が来る前に解決編をやったのは、仲間割れを防ぐためって説明したけど、本当の理由は別にありました。私はあなたたちに提案します。この事件、闇に葬りませんか」

「な――」

「何言ってるのあなた！」法子が吠えた。「そんなことできるわけないじゃない！　大体浅川はどうするわけ？　人を殺しておきながら無罪放免？」

「無罪放免？」

え、今、法子の言葉を反復したのは誰だ？

らいちか？

本当にらいちなのか？

こいつのこんな冷たい声、初めて聞く——。

「そんなわけないじゃないですか。あなたたちも楽園を汚したこの男が許せないでしょうが、友達を殺された私はもっとムカついてます。提案ってのはこうです。今から私がこの男を殺します。あなたたちはそれを黙認してほしいのです」

らいちの目は据わっている。激情に駆られての一時的な発言ではなく、本心からそう言っているようだ。淡々とした口調で続ける。

「このままじゃ島から出られないので警察に電話はしますが、事件のことは話さない。黒沼夫妻の死が発覚しなければ、島は事実上あなたたちのもの。あとは共同出資でクルーザーを買うなりして、好きな時に乗り込めばいい」

俺はその未来を想像する。渚と、法子と、三人でこの島を駆け巡る。八人が三人になって寂しい。時には事件のことを思い出して沈むこともあるだろう。でも、裸になれる。渚もいる。

それに対して、事件を明るみに出した場合は永久にこの島に入れない……。

俺の心は揺れ動く。

その迷いを断ち切るかのように。

法子が澄んだ声で言った。

「だめよ、らいちちゃん。それは絶対だめ。人が人を裁くことは許されない。人を裁いていいのは法律だけ。そんなことをしたらあなたも浅川と同レベルになってしまう」

「わ、私も中条さんに賛成です。警察に引き渡しましょう」

渚も気圧《けお》されながらも決然と言う。

「へえ……二人とも四角四面なこと言うんですね」

らいちは目を細めて俺の方を見る。

「沖さん、あなたはどうですか？　あなたも彼女たちと同じ意見ですか？」

「俺は――」

俺はらいちの目をまっすぐ見据えて言った。

「俺はお前が好きだ」

らいちは両眉を上げた。

「ありがとうございます。でも突然どうしたんですか」

不意打ちしてやったのに、ちっとも動じていない様子。くそー、何かムカつくぜ。

だが何とかしてこいつの心を動かさないと。俺は彼女に届く言葉を探した。

「最初はいけ好かないビッチだって思った。せっかくのオフ会を台なしにされるって。でも徐々にいい面が見えてきて……今はお前がいい奴だって知ってる。名探偵だっていうのも俺にとっては尊敬ポイントだしな。

何て言ったらいいかなあ、法子さんの言ってた『人を裁いていいのは法律だけ』ってのは、多分そんな四角四面な意味じゃねーよ。人が人を裁かなくていいように法律があるってことだと思うんだ。法律が、国が、嫌な仕事を代行してくれるってことなんだよ。まあ公務員の俺が言うのも身内贔屓《びいき》みたいだけどさ。お前、税金払ってるだろ。少なくとも消費税は払ってるだろ。ってことはアレだ。法子さん、浅川は死刑になりますか」

「一人は脅迫者とはいえ、私利私欲のために三人も殺してるから、その可能性は極めて高いでしょうね」

「そうですか。らいち、死刑を執行するのは刑務官だ。刑務官は公務員だから税金で生活している。つまり彼らはお前から税金をもらうことで、お前の復讐《ふくしゅう》を代行する形になるんだ。だからお前が直接手を下さずとも間接的に殺したことに――あれ、これは違うな。ああ、そうそう、税金を払ってるのに利用しないのはもったいな――これも違うな。えっと、何言いたかったんだっけ。とにかくだ！　俺はお前にこれ以上悲しい思いをしてほしくないんだよ！

『こんな時だからこそ楽しくやりましょう』

お前さっきそう言ってたじゃねえか！　お前、推理してる時は楽しそうだったけど、今は全然楽しそうじゃない。名探偵がするのは推理までいいんだよ！　それ以降は国に任せとけ！　だから推理小説には警察が登場するんだろ。名探偵という一個人に重荷を背負わせないように法律がある。だから、お前は、それ以上悲しい顔をするな……」

「さすがケンタロー。私もそういうことが言いたかったのよ」

法子が援護してくれるも、らいちの表情は変わらない。

「なるほど、それがあなたたちの選択ですか」

試すような言い方だ。俺は張り合うように言い返した。

「ああ、そうだ。これが俺たちの選択だ」

らいちはじっと黙っている――と思ったら、突然笑顔を見せた。「こんな時だからこそ楽しくやりましょう」と言った時と同じ完璧な笑顔を。

「分かりました。それでは私も引き下がります」

何か突き放されたようで胸がギュッとする。

「らいち……」

「でも国有地のことは忘れないでね。あなたたちの楽園を奪うのも、また国」

「う、それは……」

「大丈夫よ」と法子が声を張る。「国有地なんて勝手にどんどん入っちゃえばいいのよ。山菜取りの人とか国有の山に入りまくってるわよ」

「弁護士がそんなこと言っていいんですか」

俺は呆れつつも心強い気分になった。

「絶対に守らなきゃいけない法律と、守らなくてもいい法律があるのよ。——必ずまたみんなで来ようね、再従兄弟島」


翌朝嵐が去り、携帯も繋がるようになったので一一〇番通報した。すぐに船で父島の警察が来た。僕たちは当然服を着て出迎えたが、ぐるぐる巻きの浅川は全裸のままだった。彼らは奇妙な事件に対して驚きを隠さなかった。

残りの日程はほとんど父島での事情聴取に費やされた。

その中で驚くべき新事実が明らかになった。

何と浅川は竹芝客船ターミナルでも殺人を犯していたというのだ。

浅川のアリバイトリックによって警察の目は一時本土に向いていたが、今回浅川が逮捕されたことで、ターミナルの事件との関連が浮上したそうだ。

本土からヘリコプターでやってきた藍川という刑事によると、浅川は次のように自供したらしい。

被害者の中浦源平は、浅川とは同じ将棋道場の顔見知りだった。初日の朝、二人はターミナルで偶然会った。適当に相手をしてさっさと切り上げるつもりだった浅川に、中浦が言った。

「そういえばヤクザが浅川さんのこと探してたぞ。何かやらかしたのか」

浅川はまず驚いた。ヤクザはもちろん包茎手術の失敗の件で自分を探しているのだろう。だがなぜそこまで親しくない中浦の元へ――？

理由はすぐに思い当たった。名刺だ。包茎手術に失敗する前日、中浦が質屋の名刺を新しく作ったと言って、金ピカの悪趣味な名刺を道場の全員に配っていた。浅川はそれを自宅の机の上に放置したままにしていた。ヤクザが家宅捜索でそれを発見し、浅川の行方を知っているかもしれないと一応当たってみたのだろう。

浅川にはだんだん事態の深刻さが飲み込めてきた。ヤクザはまた中浦の元を訪れるかもしれない。その時に中浦が今日ここで自分に会ったことを話したら――いや、情報料欲しさに中浦の方からヤクザに連絡したら――。

せっかく重紀と入れ替わることに成功しても、ヤクザが再従兄弟島に乗り込んできてしまう。それだけは避けなければならない。だから中浦を殺すしかなかった。

浅川は見落としたらしいが、中浦は股間を握った状態で死んでいたらしい。現場検証の時は意味が分からなかった藍川刑事も、浅川の職業を知った今では納得しているという。

「つまり包茎クリニックの医者が犯人だというダイイングメッセージだったわけだ」

ダイイングメッセージという言葉に、僕は運命のようなものを感じた。猫が閉じ込められたクーラーボックスは「密室」と考えることもできる。今回の事件は最初から最後まで、ダイイングメッセージと密室に彩られていたのだ。

さて、最後の密室を開けなければならない。

最終日の前日、らいちのためにちょっとだけ父島観光をしてから、予約していたおがさわら丸に乗った。

その洋上――。

僕はらいちを甲板に誘った。青空の下、二人で丸テーブルに向かい合って座る。船の前進が生み出す潮風が心地よい。金属製の椅子もひんやりしていて気持ちいい。

穴熊館の椅子はすべて、夏なのに座布団が括り付けてあって不快だった。だが取り外してしまうわけにはいかなかった。何せ僕たちはヌーディストだ。下着を穿《は》いていない局部を直接下ろすわけだから、座布団がなければ椅子が汚れてしまう。もちろん人が座った座布団になど座りたくないから、みんなが集まる食堂の椅子の背にはネームプレートが貼られており、万が一にも間違いが起こらないようにされていた。

ヌーディストの共同生活はいろいろと気を遣わなければならないのだ。体臭のこともある。ずっと裸でいるわけだから、どうしても体臭が際立ってしまう。だからみんな朝晩二回風呂に入るようにしていた。夜は男女交代制だからいいが、朝は起きた順に入っていくから少し問題があった。脱衣所に本来あるべき服がないから、男が入っているのか女が入っているのか分からないのだ。だから三日目の朝のように呼びかけなければならない。どうせ裸なんだから混浴でもいいじゃないかと一般人は思うかもしれないが、それとこれとは違うのだ。

「何ですか、話って」

らいちは両手で頬杖を突いた状態で聞いてくる。

「うん、一つ確認したいことがあって。ええと、そのう、何だ」

だけどなかなか言い出せない。南国モードじゃない僕はひどく臆病なのだ。

「あ、もしかしてまた私としたいんですか」

彼女はからかうように言う。

「違うって！」

でも、あながち無関係な話じゃない。

僕は意を決して言った。

「小野寺さんと中条さんを気絶させて密室に閉じ込めたのは君だろ」

彼女は小悪魔的な表情を崩さず聞き返してくる。

「そんなことをして私に何のメリットがあるんです？」

「推理をより厳密なものにできる」

らいちの推理を聞いた時に感じた二つの穴のうち、その場で口にできなかった小さな穴の方。それをついに指摘する。

「君はアイスピックを隠せたのは仮面の裏だけだと言ったが、他にも隠せる場所がある。それは――」

一瞬言葉を探したが、口に出して恥ずかしくない単語はどうしても見つからなかった。仕方なく言った。

「女、性、器、と、肛、門、だ」

瞬間、頭の中が熱くなり、背中と脇に嫌な汗が滲《にじ》んだ。らいちの表情は変わらない。ということはこの推理で合っている。そのことにかろうじて励まされながら続けた。

「もちろんそのまま入れるわけにはいかないから、ハードケースか何かに納めた上で入れる。でもそれだけ太いものを入れたら絶対に形跡が残る――露骨な言い方をすると、しばらく穴が緩くなるはず。そう考えた君は、何らかの方法で二人を気絶させ、前後の穴を調べた。それでシロだと分かった後は、殺人者もいる状況で全裸の女性を放置するわけにはいかないと考え、『針と糸の密室』に二人を入れた」

故意か偶然か、成瀬さんが作ったのと同じ、何かを守るための密室。施錠された部屋の本義。

「その、僕と寝たのも同じ目的だったんだろ。あの時、後ろに指を入れてきたね」

彼女はついに吹き出した。

「今どんな気持ちでそんなことしゃべってるんです？」

僕はムッとして答えた。

「最低の気分さ」

彼女は散々笑ってから、

「ごめんなさい、笑っちゃだめですね。そう、そうです、全部沖さんの言う通り。そこも確認しないと正確な推理にならないなって思って、犯人と目星を付けてる浅川以外の全員の穴を調べてみることにしたんです」

その厳密性、ミステリマニアの僕にも理解はできる。だがそれを実際に行動に移してしまえる彼女は、やはり変だ。

「あの夜、洞窟に行ったのも僕を釣り上げるためだったのか？　成瀬さんの死にショックを受けていたのもすべて演技だったのか？」

「さあ、どうでしょう」

彼女は例の完璧な笑顔ではぐらかした。赤毛が潮風になびいている。やはり摑み所がない。

彼女は話を戻す。

「まあ沖さんはともかく、女性の二人には一工夫必要でした」

「そうだ、それが最後まで分からなかった。一体どうやったんだ。スタンガンじゃ気絶させるのは無理だろ」

「それに乱暴ですし。昔、自宅のウォシュレットが故障したから、水回りの業者をやってる友達に修理してもらったことがあるんです。その時に、次からは自分で直せるよう内部構造や分解方法を詳しく聞いておいたんですが、それが今回生きましたね。ウォシュレットの中には水を溜めるタンクがあります。物置の工具を使って二階のトイレを分解し、タンクの中に粉末状の睡眠薬を大量に入れました。

女性が皆ビデを使うとは限りません。ですが穴熊館に着いた日に中条さんに言われたんです。『ここでは常時全裸だから、清潔さを保つために必ずビデを使え、私も渚ちゃんもそうしてる』って」

そうだ、僕たちは清潔さを何より重んじる。

「そこでビデに睡眠薬です。高濃度の睡眠薬溶液が吸収の速い粘膜に噴射され、部屋に戻る途中で昏倒するってわけ」

「ははあ」

思わず声が漏れた。

「トラップを仕掛け終わると、空き部屋になっている浅川の部屋のドアの隙間から廊下を見張りながら、その時を待ちました。そしてターゲットが倒れたらすぐに飛び出し、その体を本人の部屋に引きずり込み、あそこをチェックした後、『針と糸の密室』を作る。その作業を二回繰り返したわけです」

「でも何で睡眠薬なんて持ってたんだ。スタンガンも本当に護身用なのか」

「それは――」

その時、例のタンクトップの二人組が通りかかった。そういえば当然、帰りも同じ船なわけだ。いい思い出のない連中。僕は目を伏せ、やり過ごそうとする。

ところが彼らは僕たちの姿を見ると、ギョッとしたように回れ右して、こそこそと去っていく。

「何だ、あいつら」

「睡眠薬とスタンガンはあいつらからもらったんですよ」

「え？」

「セックスの後、お金を要求したらスタンガンで襲ってきたんです。でも、てんで雑魚。スタンガンを奪って、二人とも返り討ちにしてやりました。お金だけもらおうとリュックの中を漁ってると、睡眠薬と、いろんな女性のあられもない写真が大量に入った携帯が出てきました。あいつら、女をスタンガンや睡眠薬で無抵抗にしてから撮影して、それをネタに脅迫してたみたいです」

「最低だな……」

そういえば最初は小野寺さんが狙われていたんだった。らいちが助けてくれなかったら取り返しの付かないことになっていたかもしれない。そう思うと腸《はらわた》が煮えくりかえった。

「本当に。だから私が女代表として復讐しておきました。睡眠薬を無理やり飲ませて眠らせてから、恥ずかしい写真をたくさん撮って、個人情報とともにネットに晒しました」

「ありがとう、スカッとしたよ。でも報復が怖くないか」

「暴力に訴えてきても私は負けませんから。あー、ただ沖さんたちに矛先《ほこさき》が向くとまずいかな。一応私たちに手を出したら、あんたたちのやってきたことを警察に言うって釘を刺してはいるんですけど、バカな奴らですから。念のため全員で固まって行動しましょうか」

しかしそれは杞憂《きゆう》で、二十四時間ずっと平和な船旅だった。

竹芝に着くと、刑事たちが待っていてタンクトップパーズを逮捕した。

え？

らいちに聞くと、とっくに「友達」の刑事に通報していたとのこと。

恐ろしい女だ。改めてそう思った。

第七章　出る杭は打たれる

竹芝客船ターミナルでの別れ際に、僕と小野寺さんと中条さんは協定を破棄して連絡先を交換し、来年また必ず再従兄弟島に行こうと約束した。らいちは連絡先を教えてくれなかった。元々ヌーディストではないそうだし、「友達」を失った今回の事件を早く忘れたいだろうことを思えば仕方なかったが、少し寂しい気がした。

そして一年後——。

僕と小野寺さんと中条さんは約束通り父島にやってきた。

クルーザーはさすがに手が出なかったので、お金を出して漁船か観光船に乗せてもらうつもりだったが、その思惑《おもわく》は外れた。

どの船舶所有者も一様に、僕たちを乗せることを拒否してきたのだ。

「あんたら、まさか一年前のヌーディストか？　勘弁してくれよ。また事件起こされちゃたまらねえ」

「再従兄弟島は国有地になったんだろ。法律は守らないと」

「変なことは本土でやってくれよ。子供の教育に悪いからさ」

一年前の事件はヌーディスト殺人事件として大々的に報道されていた。僕の名前は出なかったのと、周囲に行き先を言ってなかったのとで、職場の人々にヌーディストであるのがバレることはなかった。しかしその代償か、たった今、差別と偏見に直面していた。

僕たちは炎天下、かれこれ二時間近くも歩きまわっていた。

中条さんは烈火のごとく怒っていた。

「何よあいつら！　まるで私たち全員が犯罪者みたいな言い方しちゃってさ！」

中には乱交集団だと勘違いしている奴もいた。これがヌーディストに対する日本人の見方なのだ。

「一年も経てばほとぼりも冷めてるかと思いましたけど……」

小野寺さんが疲れた声を出す。

「平和な島だから、身近で殺人事件が起きたのは衝撃的だったんだろう」

そんなことを話しながら歩いているうちに、一軒の民宿が見えてきた。

「あそこにも当たってみましょう」

中条さんが建物に向かっていく。僕は看板を見て、彼女を呼び止めた。

「ここはやめましょう」

「え、どーして？」

「例の盗撮していた船の民宿です」

「ああ……」

　僕たちはそのまま通り過ぎた。

　その後もかなり歩きまわって、やっと乗せてくれる中年男性の船乗りを見つけた。やたら肌の色が白いと思ったら、最近脱サラして夢だった小笠原観光業を始めたらしい。だからコミュニティ意識が薄いのか、あるいは軌道に乗るまで少しでもお金が欲しいのか。僕たちを拒絶しない理由はその辺りにあるのだろう。

　彼のクルーザーで再従兄弟島に向かった。三十分ほどで懐かしい島影が見えてきた。裏手に回り、桟橋に着けるよう指示した。

　謝礼を渡し、三日後の朝十時に迎えに来てくれるようお願いした。

　クルーザーは去っていった。

「まあ、何はともあれ約束通り来られたね、再従兄弟島！」

「はい！」

　僕たちは歩き出した。するといきなり「国有地　関係者以外立入禁止　財務省関東財務局」なる看板があり、景観と僕たちのテンションをぶち壊してくれたが、気を取り直して穴熊館に向かった。

果たして穴熊館は残っているだろうか。

僕はドキドキしながら窪みの底を見下ろした。

「あ、まだある!」

「何だか涙が出てきました」

「取り壊してないってことは、国もこの島を持て余してるんでしょうね。だったら私たちが使ってもいいわよね」

僕たちは窪みの底に下りた。穴熊館のガラス戸にはやはり「国有財産」の張り紙があったが、施錠されているわけではなかったので、普通に入ることができた。こんなところまで不法侵入者が来るとは夢にも思わなかったのだろう。

僕たちはガラス戸を回転させて中に入った。中条さんは懐かしいのか、何度もくるくるさせて遊んでいた。

床には埃《ほこり》が積もっていたが、荒廃してはいなかった。だが調度品はすべてなくなっていた。競売にかけられたのだろう。

僕たちは二階に上がり、別々の部屋で服を脱いだ。どうせ裸を見せ合うのだが、なぜか服を脱ぐところは見られたくないという不思議な心理がある。

そして僕は俺になった。

爆風のように廊下に飛び出すと、渚と法子も裸になって出てきた。スレンダーな渚と、グラマラスな法子、どちらの体も素晴らしい。別にエロい意味じゃない。肉体本来の美がそこにはある。

「よう、久しぶりだな。また会えて嬉しいぜ」

「あ、南国モードの沖さん」

「きゃー、会いたかったのよー」

俺たちは外に出て、海が見える岬の突端に行った。ここにも「国有地」の看板があった。

一面のエメラルドグリーンが眼球に染み渡る。

俺は一人タイタニックのポーズで、風を全身に受ける。空気が俺の肉体の形になる。まるで風の衣を身に纏っているような感覚。この快感を知らないなんて一般人は可哀想だ。

「ちょっとトイレ行ってくるね」

法子はそう言って姿を消した。俺と渚は二人きりになった。法子め、変な気を遣いやがって。だが素直にありがたい。

言うぞ言うぞ去年言えなかったことを今こそ言うぞ、と考えていると、先手を取られた。

「私、沖さんに謝らなきゃいけないことがあるんです」

ゾッとした。まさか告白する前からごめんなさいなのか？

「何だ」

「本当は中条さんにも謝らなきゃいけないんですけど、まず沖さんに聞いてもらいたくて」

中条さんにも、ってことは俺が振られる展開ではなさそうだが。

「おう、聞く」

「はい。……実は私、ドイツ文学専攻じゃないんです」

「え、そうなのか？」

勿体ぶった割にはどうでもいい内容だったので拍子抜けした。ドイツ文学専攻じゃなかったからってどうだって言うんだ？

「それどころか、ヌーディストでもないんです」

「え？」

これにはびっくりした。

「じゃあ何でこの集まりに？」

「私、本当は文化人類学専攻で、元はあなたたちヌーディストのことを研究するために潜り込んだんです」

「研究!?」

驚きのあまり、つい大きな声が出てしまった。

「そりゃ怒りますよね。当然です。でも私の話を最後まで聞いてくれますか」

「……ああ」

「ありがとうございます。全然関係ない話と思われるかもしれませんが、まずは私の兄のことからです。星座に詳しい兄がいるって話したこと、覚えてますか」

「ああ」

「前にも話した通り、私は夢や情熱がない人間です。兄はそんな私とは真逆の人間でした。常にやりたいことに一直線。そんな兄に私は——引け目を感じていました。今から四年前、私が大学二年生の時」

一回目のオフ会があった年だ。

「兄が駆け落ちをしました」

「駆け落ち！」

バルコニーで兄の話をしている時の渚の寂しげな横顔を思い出した。

「相手の両親に結婚を許されず、それで。私はショックを受けました。家族の一員が行方不明になったり、相手の家族から責められたりしたこともそうですが、それ以上に、兄は欲しいものを手に入れるために人生を賭けることすらできるのに、どうして私は何も欲しいと思わないんだろうか。それが何よりショックだったんです。

昔からそうでした。クラスの女子が旅行に行きたい、あの服が欲しい、猫が可愛いって騒いでて、私はイイネって賛同するんですけど、そこに私の心はない。話を合わせなきゃいけないっていう使命感からそう言うだけなんです」

去年、竹芝客船ターミナルで彼女が言っていたことを思い出した。

――実は動物全般がそこまで好きじゃないんです。でも男の人に猫派か犬派か聞かれることが多くて。だから動物好きじゃないと変なのかなと。

動物どころか何も好きになれない。彼女はそう主張する。

「私は心が欲しかった。兄のような情熱が欲しいと思いました。兄のように体当たりで何かと関わることで、自分の中に情熱が生まれるんじゃないかと思いました。今から思えば目的と手段が逆ですよね。普通は情熱があるから体当たりするのに、私は情熱を作り出すために体当たりしようとしていた。でもその時は本気でそう思っていたんです。きっとおかしくなってたんでしょうね。

それからというもの、私は兄の真似をするかのように、積極的にいろんなことに手を出し始めました。それまでしたことのなかった接客業のバイトをしたり、一人旅に出てみたり、それからそうそう、合コンに行ってみたりもしました。でもどれも途中で冷めてしまいました。『何か新しいことをしよう』って頭で考えて動いているのを自覚してしまったからです。逆に『これはもうやめよう』って考えたら、その瞬間にはもう私はそれを捨てられるわけです。そんなもの、本当にやりたいことじゃありません。

このオフ会に参加したのもその一環だったんです。文化人類学の授業でヌーディストの話があって、ちょっと検索してみたら成瀬さんのサイトに出会って。レポートのネタになるかなってヌーディストのふりして書き込んでいるうちに、オフ会の話が出て。取材のために、インターネットでしか会ったことのない人たち——男の人もいるんです——の前で裸になるって、究極の体当たりじゃないですか。でも勇気を出して服を脱いでも、私の中には何も生まれませんでした。皆さんが本当の顔をさらけ出して楽しんでいる中で、私だけが最後まで仮面を着けたままでした。

私は皆さんを騙していたんです。結局レポートは書きませんでしたが、そんなことで許してもらえないのは分かってます。でも謝るだけはしたいってずっと思っていました。だから今日来られて本当に良かったです。ごめんなさい。本当にごめんなさい」

渚は自分を罰するように頭を下げた。

俺は——わくわくしていた。

当然だ。彼女がやっと仮面を外して素顔を見せてくれたんだから。

「よーし、今からいいこと言うから、顔上げてよく聞けよ」

渚は顔を上げた。涙目でキョトンとしてるのが可愛い。

「答えはもう自分で言ってるじゃん。欲しいものがないとか言ってたけど、お前の欲しいものはズバリ――心だろ」

「心……」

「そう、心が欲しいんだお前は。『オズの魔法使い』を知ってるか。ブリキの木こりは心が欲しくて、オズに会うために大冒険をするんだぜ。お前だって心が欲しくて、接客業とか一人旅とか合コンとかヌーディストのふりとか大冒険をしてきたわけだろ。それこそが情熱だ。心を手に入れようともがき苦しむこと、それこそが心なんだ。つまりお前はもう心を手に入れて――あれ、何だか自分でも何言ってるか分からんくなってきたな。とにかくだ！　そんなに深刻に考えることじゃねーから！　むしろすげーじゃねえか。ヌーディストのふりしてヌーディストに突撃取材なんてさ。カッケーよ。尊敬するぜ」

「沖さん……」

渚の両目から涙が溢れる。

「大体、涙だって心の産物だろうに……」

俺は小笠原諸島の乾いた夏風が涙を乾かしてくれるのを待った。

そろそろいいかな？

俺は空気を変えるために適当な質問をした。

「でも何でドイツ文学専攻だったんだ」

「あ、それはマイナーで誰も分からないからボロが出ないと思ったからです」

全国のドイツ文学専攻者は怒ってもいい。

まあ確かに誰も分からなかったけどよ……。

「でもらいちちゃんにはバレちゃいました」

「え、らいちに？」

「ええ。去年、沖さん『島』って本を持ってきてましたよね」

「ああ、早坂吝の『島』ね」

全部読んだけどクソだったよ。まさか最後まで島に辿り着かないとは夢にも思わなかった。確かに「孤島ミステリの最終形」だ。最も終わっているという意味で。あとがきに「カフカの『城　Das Schloss』を本格ミステリ風にパロってみました」とか書いてあった。カフカは朝起きたら虫になってた話しか知らないが、『城』という作品も最後まで城に辿り着かない話なのだろうか。

「ドイツ語のｓは原則ザジズゼゾで発音するから、あの本のサブタイトルはディー・インゼルって読むのが正しいのに、私はディー・インセルって読んじゃいました。あの時、欄干のところにいたらいちちゃんにもそれが聞こえていて、疑い始めるきっかけになったそうです」

「あいつ、よくドイツ語とか知ってたな。友達にドイツ語学者でもいるのか」

「作者の早坂さんと友達だから読み方を知ってたらしいです」

「作者も客なのかよ！」

「客って何です？」

「いや、何でもない……」

「そうですか？　それじゃ話を続けますね。クルーザーでの駆け落ちは本当は殺人なんじゃないかって思った時、らいちちゃんはまず真っ先に私を疑ったそうです。正体を隠してるかもしれないんですから当然ですよね。そこである罠を仕掛けました。携帯で調べたドイツ文学の有名な一節を、例の書き置きに書き加えたんです」

「あのヴェア何ちゃらってのはらいちが書いたのか！」

「はい。書き置きに意味深な記載があれば必ず議論の的になり、ドイツ文学専攻の私が訳すことになると踏んでいたみたいです。その目論見《もくろみ》通り、私はとんちんかんな訳をしてしまい、らいちちゃんに偽者だと確信させることになってしまいました。まあその後、デジカメの映像で殺人容疑は晴れたんですが」

「あれは本当はどういう意味だったんだ」

「沖さんもきっと聞いたことがあると思いますよ。『時よ止まれ、お前は美しい』」

「おお、確かに聞いたことがある。元ネタ何？」

「ゲーテの『ファウスト』だそうです。らいちちゃんからの受け売りですが、現状維持に甘んじず常に研鑽《けんさん》を続けるファウスト博士が、悪魔メフィストフェレスと賭けをします。メフィストフェレスが次々と見せてくる快楽の幻に満足し、『時よ止まれ、お前は美しい』と言ってしまったらファウストの負け。さあ、ファウストは最後までその言葉を口にしないでいられるのか——というようにストーリーの要となっている言葉で、『ファウスト』自体もドイツ文学を代表する作品ですから、らいちちゃん曰く、ドイツ文学専攻、それも院生でこの原文を知らないのはあり得ないらしいです。日本語訳は私も知っていましたが、原文は『時』という単語が省略されているから、二つが結び付きませんでした。だからエセドイツ文学専攻を見抜くにはうってつけのフレーズなんだって、らいちちゃん言ってました」

そんな局面、そうそうないだろ。

「まあ、何だ、いろいろ先読みする頭のいい奴だったな」

「はい、また会いたいな」

俺たちはしばらく並んで海を眺め、その向こうにいる彼女に思いを馳《は》せた。

それから俺は話題を渚のことに戻した。

「二十三区、内定が出るといいな」

渚は今年、俺と同じ東京都二十三区の事務職採用試験を受けていた。二十三区の採用の流れはこうだ。まず二十三区共通の筆記や面接を受ける。その合格者に対して、得点や志望区などを勘案の上、各区が面接の日取りを連絡してくる。それに合格したら内定だ。渚は共通の試験には合格していたが、まだ各区からの連絡は来ていない時期だった。

「ええ、沖さんと同じ区に受かるよう毎日祈ってます」

「またまた、社交辞令言っちゃって」

「社交辞令じゃありません。本気で言ってるんです」

「え？」

俺は渚の顔を見た。渚は頬を染めながらも、まっすぐな視線で俺を見てきた。

「さっきの話ですけど、結局レポートを書かなかった私が、何でその後もオフ会に参加し続けたと思います？　沖さんがいたからですよ。最初は兄みたいな人だと思いました。でも兄と違うのは、一人でどんどん行っちゃうんじゃなくて、私も一緒に導いてくれるというところ。確かに沖さんの言う通り、私は心が欲しいです。でも私の心はもうあなたがくれました。私は今、あなたの心が欲しい。好きです、沖さん」

俺は素早く辺りを見回した。だがカメラを持った法子はどこにもいなかった。ってことはドッキリじゃない？

「え、これマジなの？」

「マジです。去年の行きのおがさわら丸で告白したつもりだったんですけど、全然伝わってなかったんですね。本当に鈍感なんですから、もう」

そうか、『やりたいことがちゃんとあって』とか『生き生き』とかは南国モードの俺のことを言ってたのか……。

あーあ、女の方から言わせちゃうなんて男失格だ。

よし、俺も言うぞ。

「実は俺も渚が好きなんだ」

すると今度は渚が驚く番だった。

「えーっ、沖さんが私を⁉　嘘でしょう⁉」

「お前も鈍感か。滅茶苦茶、好きオーラ出してただろ俺」

「だって沖さんはらいちちゃんが好きだって言ってたじゃないですか」

「えっ⁉　そんなこと言って——」

あっ、浅川を殺すと言い出したらいちを説得しようとした時か。

「あれは言葉の弾みっていうか、そういう好きじゃないっていうか」

「ひどーい。それ絶対本人に言っちゃいけませんよ。傷付いちゃうから」

「いや、あいつは気にしないだろ……」

「いや、沖さんは全然女心を分かってません」

お前だってあいつの正体を知らないくせに。

「あー、でも、そっかー、そうだったんだー。私たち、両想いだったんですねー。嬉しい」

「渚……」

俺たちはどちらからともなく抱き合っていた。

渚が目を閉じた。

失神ではない。今度こそキスOKか？　キスOKなんだな？

俺がファウストなら、今こそあの言葉を口にするだろう。


時よ止まれ、お前は美しい――。


しかし止まらなかった。

「ケンタロー！　渚ちゃーん！」

俺たちは慌てて離れた。

遠くから法子が早足でやってくる。

その後ろに制服警官が二人いた。

血の気が引いた。

しまった、脱サラの船に乗るところを島民に見られたか、脱サラが誰かに話したんだな。

法子と警官たちは俺たちの側まで来た。警官はおっさんと若者の二人組で、事件の時にお世話になった人ではなかった。

「君たちねー、ここ国有地だよ！　そこに看板あるでしょ！」

おっさんの威圧的な言い方に思わずムッとしたが、冷静になって考えると俺たちが完全に悪いのである。

「すみません」

とうなだれるしかない。

「大体何で君たち裸なの。裏ビデオでも撮ってたわけ？」

おっさんの発言に俺はまたイラッと来た。

は？　てめー一年前の事件のこと知らねーの？

若者がおっさんに言った。

「ほら、こいつら、例のヌーディストですよ」

「ヌーディスト？　ああ、こいつらが……」

「こいつらが」などと言いながら、おっさんは俺をガン無視し、渚ばかり舐めるように見てきやがる。

俺は渚を背中で庇うように進み出た。

「あんまりジロジロ見ないでもらえますか」

おっさんは悪びれずに言った。

「ジロジロも何も、警察官は観察するのが仕事だからねえ。勝手に裸になってるのはそっちの方だろ」

「ぐっ」

俺は言葉に詰まる。

「まあいいや。あんたら全員社会人？」

「私は学生です」

渚が硬い声で答えた。

「そっかそっか。じゃああんたら勤務先や学校教えてよ。連絡するからさ」

「な――」

俺がヌーディストであることが職場の連中にバレる？

それだけじゃなく、一年前の事件との絡みでマスコミが嗅ぎ付けてきたら……。

公務員の不祥事。白昼堂々わいせつ行為。

ニュースの見出しが頭をよぎる。

それに渚だって、就職を控えている大事な時期じゃないか……！

「それだけは……」

「何でよお。悪いことしたんだからそれくらい我慢しなきゃあ」

おっさんは唇を尖らせてねちっこく言う。こいつ、必要以上に俺たちを嬲《なぶ》って楽しんでやがる。若い男女が裸でいたからムカついてるだけだろ？　だがこっちが悪い以上何も言えない。

そこに法子が助け舟を出してくれた。

「待ってください。法的根拠はあるんですか」

「法的根拠ぉ？　お前、何者だ」

「弁護士です」

「弁護士……！」

おっさんは驚いた顔をした。

法子は畳みかけるように言う。

「殺人犯ですら勤務先には連絡しないのが普通だと記憶していましたが。ましてやこんな軽微な罪。自分の連絡先ならいくらでもお教えしましょう。ですが勤務先や学校の連絡先を教えろというのなら、一体何という法律の何条にそんなことが書いてあるのか教えてください」

敵に回すと恐ろしいが、味方に付くと頼もしい。

おっさんは法子の問いには答えずに、

「弁護士ねえ」

と渋い顔で同じことを繰り返しただけだった。

同じ公務員として分かるが、おっさんは今面倒臭がっている。公務員は弁護士とかの士業を相手にするのが嫌いだ。公務員は法律に則《のっと》って動かなければならないが、多くの公務員は慣習を優先し、法律の勉強が疎《おろそ》かになっている。士業はそこを突いてくるからだ。

ついにおっさんは折れた。

「分かった分かった。出てってさえくれりゃそれでいいから。でもこれだけは言っとくけど、あんたら父島の住民から白い目で見られてるよ。嫌われ者だよ」

せめてもの腹いせとばかりに散々嫌味を言われた。だが本当のことだろう。俺たちヌーディストに押された烙印《らくいん》を思い、暗澹《あんたん》たる気分になる。

警察の船で楽園追放された。

……そして僕はこの灼熱の街に戻ってきた。

今日も窮屈なスーツに袖を通し、満員電車に揺られて区役所に向かう。

区役所では、俺に法律を破らせろと窓口で駄々をこねる客を宥《なだ》めすかしたり、環境破壊レベルに文書を印刷したり、常に半乾きのスタンプ台で印鑑を押し続けたりする。

それが終わると、また満員電車に揺られて家に帰る。

毎日毎日それの繰り返し。

ある日、ふと思い立ってゲーテの『ファウスト』とカフカの『城』を読んだ。いつも推理小説しか読まないのに。多分、少しでもあの旅行に関係あるものに触れたかったのだろう。

ミステリ読みの僕にはどちらも難解で退屈だったが、一つだけ面白いと思ったのは、二作品に意外な共通点があったことだ。それはどちらの主人公も妨害と闘いながら理想に向かって弛《たゆ》まぬ前進を続けたという点。ファウストはメフィストフェレスが見せる豪奢《ごうしゃ》な幻に迷い込みつつも、現状に留まることなく常に高みを目指した。『城』の主人公Kは責任の所在が判然としない官僚機構にはぐらかされつつも、自分を見失うことなく頑《かたく》なに城を探した。そういえばヌーディズムの起源も十九世紀後半のドイツだ。周囲の妨害などものともせず、ひたすら己の理想に向かって突き進むというのは、ドイツ語話者のメンタリティか。

いや、国民性を持ち出すのは逃げだろう。俺にだってそういう気概はあるはずなのだ。ただ僕にないだけで。

小野寺さんは僕の区には受からず、他の区に採用された。その後何度か会ったが、どうも上手く行かない。彼女が好きなのは僕ではなく俺だからだ。南国モードになりさえすればいいのだが、どうやって彼女の前で裸になるのか。成瀬さんが教えてくれた秘境でヌーディストデート？　だが再従兄弟島のようにまったく外部の人間が入ってこられない場所は存在しない。また見つかって、今度こそ警察に捕まったらと思うと、なかなか踏み切れなかった。ではホテルや僕の部屋は？　だが大自然の中で脱ぐからヌーディズムという括りに収まっていたわけであって、個室で二人きりの時に裸になればそれはもう性行為である。僕では小野寺さんをその気にさせることはできなかった。結局、三ヵ月も経たないうちに自然消滅した。再従兄弟島という楽園を失った時点で、この運命は決まっていたのだろう。

らいちがいてくれれば――僕は最近よくそう思う。南国モードにならないとまともに女と話せない僕にとって、ビジネスライクに裸の付き合いができるあいつしか救いの女神はいないのではないか。だが現実問題、彼女はもういない。

雑踏の中、僕はふと自分の顔に仮面が着いているような錯覚に捉われ、無我夢中で顔を触った。

そんなある日、視界の片隅にあの血のように赤い髪が映った――気がした。

『頭隠して尻隠さず殺人事件』了

あとがき

早坂　吝

●ノベルス版からの変更点

本書は二〇一四年に第五〇回メフィスト賞を受賞して講談社ノベルスから刊行されたデビュー作の文庫版となる。しかし実質新刊と捉えてもらって構わない。大幅な加筆修正を行っているからだ。特に推理小説において事件が一つ増えているという違いは大きい。したがって「早坂吝は全巻読んだ」と言いたいなら、ノベルス版のみならず本書も読む必要がある。

ノベルス版で多かった批判のうち、作者が修正に賛同したものとして、以下の二点がある。

「タイトル当ての意味がない」

「序盤が冗長」

前者については反論したい。確かにタイトル当てを標榜《ひょうぼう》しているにもかかわらず、本格ミステリの構造としては犯人当てになっている。ところで犯人当てというものは「誰それがこういうトリックを使って殺した」と言うだけではダメで、それ以外の容疑者が犯人である可能性を消去できていない限り当てたことにならない。その絞り込み手順と密接に関連しているのが○○○○○○○○ということわざなのだ。したがってその○○○○○○○○を当てるという行為こそが本書の構造を象徴しており、メインに据えるのにふさわしい——というのが作者の主張である。もっともノベルス版の「読者への挑戦状」がその意図を充分に伝えられていないことは認める。

後者については、まったくもってその通りである。普通に書いていると私はちっとも文章が長くならないのだ。メフィスト賞に応募する際も、当時の下限である原稿用紙三五〇枚以上を超えるのに四苦八苦した。そこで旅行小説としても楽しめるよう小笠原諸島への旅路を詳細に描き込むことにしたが、これが冗長さを生んだ。

この二点を改善するために本書では以下の加筆修正を行った。

・読者への挑戦状を書き直して、本書の読み方を分かりやすくした。
・序盤の情景描写を減らし、代わりに死体を一つ転がした。

新たに追加された殺人事件は序盤のリーダビリティを上げるためだけではなく、主題であるタイトル当てにも貢献している。○○○○○○○○という本題に入る前に×

×××××××という例題を解かせること自体が、新たな詭計《きけい》を生んでいるのだ。

その他にも伏線の位置を分かりやすくするなど、いくつかの修正を行っているので、ノベルス版と読み比べてみるのも面白いだろう。

●早坂吝の『島』

この作中作は一体何なのか、と思った読者も多いことだろう。小説部分と謎解き部分の双方に少しずつ関係しているものの、それだけの目的で準備されたにしては、やけに自己主張が強すぎる。もしかして作者が出たかっただけ？

いやいや、私は『バンパイヤ』に手塚治虫《てづかおさむ》が、『世紀末リーダー伝たけし！』にしまぶーが登場するのが大好きなのだが、多くの読者が作者の登場を好まないことは重々承知している。だから本当なら大事なデビュー作から出たくはなかった。しかし出ざるを得なかったのだ。

私は本作で受賞する前に、『虹の歯ブラシ』と『お城　――二人のK――』という二作をメフィスト賞に応募している。その二作は落選したが、今まで書いた作品はいずれすべて世に出すという野望を持っている私は、二作に繋がる布石を本作に仕込むことにした。それが早坂吝の『島』だ。作者の登場が『虹の歯ブラシ』、カフカという題材が『お城　――二人のK――』に対する極めて重大な伏線となっている。後者は今のところ出版予定はないが、前者は早坂吝のプロ二作目として刊行されることがデビュー前から内定していた（二〇一五年、講談社ノベルス刊）。だから本作で私が出ておかないといけないのである。

このような経緯で生まれた『島』は案の定叩かれもしたが、一方で意外に反響も多かった。「早坂吝の二作目は『島』」というジョークは複数見かけたし、某所で行った講演会ではファンの方から「『島』は書く予定はないんですか」と聞かれもした。その時、私は「『〇〇〇〇〇〇〇殺人事件』の文庫版に入れられたら入れます」と答えた。ところが見て分かる通り、本書に『島』は収録されていない。本当にごめんなさい。理由はいくつかあるが、最大の理由は『島』がクソ長く、ページ数が増えて定価が高くなる恐れがあるからだ。あまり高くなってしまっては廉価版としての文庫の意義がなくなる――と担当編集者が言っていた。

『島』は本格的な執筆には取りかかっていないが、元々本作に所々挿入するつもりで断片的に書いていた。お詫びに冒頭だけ載せておく。

測量士イーノ・タカダ・K《カー》は、自分を完璧な人間だと考えていた。ところが、周囲の人間は口を揃えて「あいつはなかなか面白い奴だ」と言う。つまり、実際はちっとも完璧な人間ではなかった。

なお正式発表の機会があるとすれば、その時もこの冒頭から始まるとは限らない。

●主題歌当て

ノベルス版ではカバーの折り返し部分に以下の文言があった。

「初めまして。△△△△△というバンドの×××××という曲をイメージして書きました。主題歌当てにもぜひ挑戦してみてください。」

もう時効だろうから答えを言う。

レミオロメンというバンドのアイランドという曲だ。

私は推理小説としての構造を完成させる裏で、物語全体がアイランドの見立てになるよう、二重の創作を行っていた。

なぜアイランドなのかというと、以前レミオロメン好きの友人に、アイランドをオマージュした同名の掌編《しょうへん》を読ませたところ、気に入ってもらえなかったので、本作でリベンジしようと思ったのだ。こともあろうにデビュー作に私事を持ち込んで恐縮だが、何か縛りがないと書き始められないタチなのである。推理小説としての出来映えには悪影響を及ぼしていないので安心してほしい。なお、その友人には本作も気に入ってもらえなかった（続編の『虹の歯ブラシ』や『誰も僕を裁けない』は好きらしい)。

レミオロメンのアイランドを担当編集者に聞かせると、「全然イメージと違う。だってこれいい曲じゃん」などと言っていた。いい曲で何がいけないのか。

アイランドはおそらくファンにとって重要な位置づけにある曲だと思うので、こんな小説に使うなと炎上しそうな気もしたが、私もファンなのだから構わないだろう。

私が調べた限り、この主題歌当てに正解した方は一人もいなかった。ただしお一方《ひとかた》のみ、▽▽▽▽▽▽というバンドの＋＋＋＋＋という曲を挙げていた。最初は曲名だけ伏字にするつもりだったが、ちょっとあまりにも洒落にならないネタバレのため、バンド名も伏字にせざるを得なかった（知りたい方はツイッターで聞いていただければ教えます）。それくらい歌詞がそのものズバリで驚いた。文字数も完全一致しているので、その方は正解を確信しているだろう。作者の意図した以外の別解があったということだ。私は忸怩《じくじ》たる思いに駆られた。

最後になりましたが、お忙しい中本作の内容にぴったりの解説を書いてくださった麻耶雄嵩《まやゆたか》さん、デビュー前からずっと私を支えてくださった担当編集者さん、そして本作に関わったすべての方に感謝を申し上げます。ありがとうございました。

解説　三つ子の魂百まで

麻耶雄嵩《まやゆたか》（作家）

いきなり私事で申し訳ないが、この解説は都内某所の一室で書いている。柔道部上がりの屈強な編集者に背後から監視されながら、ノートパソコンの画面に顔を突きあわせて、せっせとキーボードを叩いている。

本来なら階下のラウンジで他の作家仲間と昼間からワイングラスを片手に談笑しているはずなのに、旅先の解放感を満喫しているはずなのに、階下から洩れ聞こえてる楽しげな会話をBGMに独り黙々と仕事をしなければならないこの現実《リアル》。窓からは白いレースのカーテン越しにキラキラと陽光が降り注いでいるが、私の身体は涙雨で風邪をひきそうである。それもこれも、締め切りを過ぎてもなおぐだぐだしていた自分が悪いのだが……。

なぜ最初にくどくど蛇足のような状況説明をしたのかと云えば、私は何事も自分を棚に上げる性質《たち》なので、ついついこの解説にも恨み節が混入してしまうかもしれないからだ。なので、たとえネガティヴな表現が混じっていたとしても、ただの個人的な愚痴《ぐち》以上の含意はないことをあらかじめ断っておく。

本題に入ろう。この『○○○○○○○殺人事件』は京都大学推理小説研究会の後輩、早坂吝氏のデビュー作である。一九八八年生まれだからデビュー時は二十六歳。今もまだ二十代。本作の内容も若さに比例して、自信に満ち溢れている。

冴えない日常を送っている主人公が、絶海の孤島にある別荘で仲間とともに遭遇した殺人事件。とある事故以来別荘に籠もりきりの仮面の館主に、破壊された被害者の携帯電話。三たびエンジン音が聞こえたクルーザーの謎。何度も現れるこれみよがしな針と糸の密室。そんな中、主人公は片思い中の可憐な大学院生と、派手で生意気だがどこか気になるまだ十代の少女との間で、ゆらり揺らめきながら真相に迫ろうとする。

また、冒頭から〝読者への挑戦状〟がタイトル当てというひと捻《ひね》りした形で叩きつけられ、以降もたびたび作者のメタ的な挑発が大胆に挿入される。君たち解けるものなら解いてみろよ、と云わんばかりに。

このように内にも外にも古き良き新本格ミステリーとしてのガジェットがこれでもかと注ぎ込まれているが、郷愁ににまにましていると終盤、予想は見事に裏切られ、これは現在のミステリーなのだと気づかされる羽目に陥る。

特に最後に明かされる真実は、伝統あるメフィスト賞の第五〇回という大きな節目に受賞したという高い高いハードルを簡単に飛び越えるだけでなく、ついでに泥団子も投げつけてくるという、とんでもなさである。

一言で表すとするなら、〝世の中を舐《な》め切った作品〟だろうか。

一般に、世の中を舐めた奴というのは、周囲の人間からすれば決して気分がいいモノではない。なるべくなら近づきたくないのが実情だろう。それゆえ、思うがままに舐め通すためには、なんらかの裏打ちが必要である。誰だって人生舐めくさって左うちわで暮らしたいが、そうは問屋が卸《おろ》してくれない。百獣の王であるライオンだって、力が劣る個体は餓死するのだ。

もちろん裏打ちの内実は人それぞれで、コミュニティの大小にも拠《よ》るが、単純な腕力だったりなにがしかの才覚だったり、美女だったりイケメンだったり、果ては莫大な財力や権力だったりする。とにかく舐め切るためには、周囲に有無を云わせない、突出したものがなければダメなのだ。

呑氏の場合はミステリーの才能、もっと細かく云えば、ロジカルな思考に裏打ちされた手筋の確かさと豊かな発想力、ということになるだろうか。根本にある無二のアイディアをいかに本格ミステリーとして面白くスリリングに構築するか。

既に読まれた方なら納得されるだろうが、本書はサプライズ・エンディングなミステリーではなく、極めてロジカルな犯人当てである。本格ミステリーの基礎体力が備わっていないとできない芸当。しかもアイディアそのものが、地引き網のヘドロの中から金貨を探し当てるような希有《けう》な代物《しろもの》だから、これだけ作者に舐め切られていてもなお、読後に跪《ひざまず》かざるをえない。

当たり前のことだが、世の中を舐め切った奴というのは、若い頃は沢山いても徐々にレースから脱落していく。世界が広がればさらなる上位者が現れるし、実力そのものが加齢とともに陰ってくることもある。

私も最初、こんな舐めた作風で今後大丈夫なのかと危惧した。なにせ可愛い後輩だ。一発屋で終わってしまわないかと。しかしそれは杞憂に終わり、今なおコンスタントに話題作を世に送り出して、衰える気配は微塵《みじん》もない。心配して損した。ここ数年の手応えで更に自信を深めたのだろう。この文庫版では新たな事件が加筆されているのだが、どうせ真相なんぞ当てられっこないからもっと読者を揶揄《からか》ってやれ！　とばかりにやりたい放題だ。きっと中指を立てながら執筆していたに違いない。

しかもそんななか四作目の『誰も僕を裁けない』が二〇一七年の本格ミステリ大賞にノミネートされるという悲報が舞い込んできた。これではますます増長し、ミステリー業界なんてちょろいものだといっそう舐め切ることになるだろう。困ったものだ。

背後の編集者がグリズリーのような鋭い目つきでヒグマのような毛深い胸を掻《か》きながら、「悲報」は表現としてどうでしょうか？　とドスのきいた声で釘を刺してくる。仕方がないので、昔話を一つ。

吝氏がまだ一介の学生だった頃。私が吝氏を含むミステリ研の後輩たちと酒を飲んでいたとき、やたら彼に絡まれたことがある。

「やっぱ、メイド服にニーソでしょ！　あの絶対領域がたまらんのです！」

LEDなみに目を煌《きら》めかせて何度も訴えてくる。どうも私も同類と思われたようだ。メイド喫茶など行ったこともないのに、後輩の間では変な噂《デマ》が広まっていたのかもしれない。

キレる若者が流行《はや》っていた頃で、無闇に否定するのも怖いので「ニーソいいよね」ととりあえず賛同すると、「そうでしょう！　そうでしょう！」と赤ら顔で頗《すこぶ》る満足げに頷いていた。

時は流れ、そんな彼が本作で大型新人としてデビューしたのだが、講談社ノベルス版の表紙には赤毛の上木らいちのニーソックス姿が魅力的に描かれていた。メイド服ではなくホットパンツではあるが、臀部《でんぶ》と絶対領域を強調する見返り姿で、即座に吝氏のリクエストに違いないと確信した。しかもよくよく見ると絶対領域が二つもある！

本当にニーソックス＆絶対領域が好きなんだ、まさに〝三つ子の魂百まで〟だなぁと当時を思い出しながら、しみじみ実感したものだった。

しかも中を読むと、ニーソックスのらいちだけでなく他の登場人物の服装も多彩で、純白のワンピースや水色のアオザイを纏《まと》った拘《こだわ》りの女性たちが次々と登場する。そのくせ医者が白衣を着て来なかったので、変態のくせに白衣には興味ないんだなと妙なところで感心していたら、いきなり背後から打ち落とされた。いい面の皮である。もしかしてデビューの遥か以前から周囲に伏線を張っていて、見事に罠に嵌《は》まったのかと怖くなったくらいだ。

単なる偶然だろうが、やっぱり勢いがある人は全てを効果的にたぐり寄せるのが巧い。これは一生、吝センセーに付いていくしかないな。吝万歳！

あ、また編集に睨まれた。彼は丸太のような足を大きく組み替えると、つま先で私の尻を小突いて真面目に書けと警告してくる。

仕方ないので少し褒《ほ》めることにしよう。

誤解のないように云っておくと、彼は極めて礼儀正しい穏やかな人間である。そのため憎むに憎めない。え、先に書いた舐め切ったオラついたキャラと全く違うって？

それはそうだ。駆け出しの若手がどでかい面をしてのし歩いていたら、いくら温厚な私でも解説なんぞ引き受けない。吝氏が世間を舐め切っているのはあくまで創作上でのこと。それゆえインテリヤクザなみに性質が悪いと云えなくもないが。ともかく見た目は知的でスマートな好青年なのが、更にむかつくわけで……。

とまあ、ここまで褒めておけばいいだろう。あまり褒めすぎると逆に嘘っぽくなるし、そろそろ筆を擱《お》くことにしよう。今書いたことが真実かどうかは、あなたが実際に読んで確かめてくだされればいい。だいたい九割は本当です。保証しますよ。

〈終〉《エンドマーク》を打ち込む前に窓を見ると、カーテンが鮮やかなオレンジ色に染まっていた。日が傾いてきたようだ。むくつけき編集者の浅黒い上半身も壺漬けみたいな色に輝いている。夕食にはなんとか間に合ったらしい。さすがにここまで来てぼっちメシは御免被《こうむ》りたいからね。これでようやく階下の楽しげな輪の中に入れるのだ。さらば地獄。

今夜のメニューは何だろう……私は穴熊館で初めての夕食に思いを馳せた。

〈終〉

この作品は第50回メフィスト賞を受賞し、二〇一四年九月に講談社ノベルスとして刊行されました。講談社文庫刊行にあたって加筆修正されています。

|著者|早坂 吝 1988年、大阪府生まれ。京都大学文学部卒業。京都大学推理小説研究会出身。2014年に『○○○○○○○○殺人事件』で第50回メフィスト賞を受賞し、デビュー。同作で「ミステリが読みたい！2015年版」（早川書房）新人賞を受賞。他の著書に『虹の歯ブラシ 上木《かみき》らいち発散』『RPGスクール』『誰も僕を裁けない』『探偵AI《アイ》のリアル・ディープラーニング』『メーラーデーモンの戦慄』などがある。

○○○○○○○○殺人事件《まるまるまるまるまるまるまるまるさつじんじけん》

早坂《はやさか》 吝《やぶさか》

2017年4月14日第1刷発行
2025年5月13日第9刷発行

発行者――篠木和久
発行所――株式会社 講談社
東京都文京区音羽2-12-21 〒112-8001
電話 出版（03）5395-3510
販売（03）5395-5817
業務（03）5395-3615

Printed in Japan

講談社文庫
定価はカバーに
表示してあります

KODANSHA

デザイン―菊地信義
本文データ制作―講談社デジタル製作
印刷―――株式会社KPSプロダクツ
製本―――株式会社KPSプロダクツ

ISBN978-4-06-293627-9

講談社文庫刊行の辞

二十一世紀の到来を目睫に望みながら、われわれはいま、人類史上かつて例を見ない巨大な転換期をむかえようとしている。

世界も、日本も、激動の予兆に対する期待とおののきを内に蔵して、未知の時代に歩み入ろうとしている。このときにあたり、創業の人野間清治の「ナショナル・エデュケイター」への志を現代に甦らせようと意図して、われわれはここに古今の文芸作品はいうまでもなく、ひろく人文・社会・自然の諸科学から東西の名著を網羅する、新しい綜合文庫の発刊を決意した。

激動の転換期はまた断絶の時代である。われわれは戦後二十五年間の出版文化のありかたへの深い反省をこめて、この断絶の時代にあえて人間的な持続を求めようとする。いたずらに浮薄な商業主義のあだ花を追い求めることなく、長期にわたって良書に生命をあたえようとつとめるところにしか、今後の出版文化の真の繁栄はあり得ないと信じるからである。

同時にわれわれはこの綜合文庫の刊行を通じて、人文・社会・自然の諸科学が、結局人間の学にほかならないことを立証しようと願っている。かつて知識とは、「汝自身を知る」ことにつきていた。現代社会の瑣末な情報の氾濫のなかから、力強い知識の源泉を掘り起し、技術文明のただなかに、生きた人間の姿を復活させること。それこそわれわれの切なる希求である。

われわれは権威に盲従せず、俗流に媚びることなく、渾然一体となって日本の「草の根」をかたちづくる若く新しい世代の人々に、心をこめてこの新しい綜合文庫をおくり届けたい。それは知識の泉であるとともに感受性のふるさとであり、もっとも有機的に組織され、社会に開かれた万人のための大学をめざしている。大方の支援と協力を衷心より切望してやまない。

一九七一年七月

野間省一

長谷川　卓　嶽神伝《がくじんでん》　鬼哭《きこく》(上)(下)
長谷川　卓　嶽神列伝　逆渡《さかわた》り
長谷川　卓　嶽《がく》神《じん》伝《でん》　血路
長谷川　卓　嶽《がく》神《じん》伝《でん》　死地
長谷川　卓　嶽神伝　風花(上)(下)
原田マハ　夏を喪くす
原田マハ　風のマジム
原田マハ　あなたは、誰かの大切な人
畑野智美　海の見える街
畑野智美　南部芸能事務所 season5 コンビ
早見和真　東京ドーン
はあちゅう　半径5メートルの野望
はあちゅう　通りすがりのあなた
早坂　吝《やぶさか》　○○○○○○○○殺人事件
早坂　吝　虹の歯《かみ》ブラシ〈上木らいち発散〉
早坂　吝　誰も僕を裁けない
早坂　吝　双《そう》蛇《じゃ》密室
浜口倫太郎　22年目の告白〈―私が殺人犯です―〉
浜口倫太郎　廃校先生
浜口倫太郎　AI崩壊
原田伊織　明治維新という過ち〈日本を滅ぼした吉田松陰と長州テロリスト〉
原田伊織　列強の侵略を防いだ幕臣たち〈続・明治維新という過ち〉
原田伊織　〈明治維新という過ち・完結編〉虚像の西郷隆盛　虚構の明治150年
原田伊織　三流の維新　一流の江戸〈明治は「徳川近代」の模倣に過ぎない〉
葉真中《はまなか》　顕《あき》　ブラック・ドッグ
原　雄一　宿命〈國松警察庁長官を狙撃した男・捜査完結〉
濱野京子　w《ウ》i《イ》th《ズ》 y《ユ》ou《ー》
橋爪駿輝　スクロール
パリュスあや子　隣人X
パリュスあや子　燃える息
平岩弓枝　花嫁の日
平岩弓枝　はやぶさ新八御用旅(一)〈東海道五十三次〉
平岩弓枝　はやぶさ新八御用旅(二)〈中仙道六十九次〉
平岩弓枝　はやぶさ新八御用旅(三)〈日光例幣使道の殺人〉
平岩弓枝　はやぶさ新八御用旅(四)〈北前船の事件〉
平岩弓枝　はやぶさ新八御用旅(五)〈諏訪の妖狐〉
平岩弓枝　はやぶさ新八御用旅(六)〈紅花染め秘帳〉
平岩弓枝　新装版　はやぶさ新八御用帳(一)〈大奥の恋人〉
平岩弓枝　新装版　はやぶさ新八御用帳(二)〈江戸の海賊〉
平岩弓枝　新装版　はやぶさ新八御用帳(三)〈又右衛門の女房〉
平岩弓枝　新装版　はやぶさ新八御用帳(四)〈鬼勘の娘〉
平岩弓枝　新装版　はやぶさ新八御用帳(五)〈御守殿おたき〉
平岩弓枝　新装版　はやぶさ新八御用帳(六)〈春月の雛〉
平岩弓枝　新装版　はやぶさ新八御用帳(七)〈寒椿の寺〉
平岩弓枝　新装版　はやぶさ新八御用帳(八)〈春怨　根津権現〉
平岩弓枝　新装版　はやぶさ新八御用帳(九)〈王子稲荷の女〉
平岩弓枝　新装版　はやぶさ新八御用帳(十)〈幽霊屋敷の女〉
東野圭吾　放課後
東野圭吾　卒業
東野圭吾　学生街の殺人
東野圭吾　魔球
東野圭吾　眠りの森
東野圭吾　宿命
東野圭吾　変身
東野圭吾　天使の耳
東野圭吾　ある閉ざされた雪の山荘で
東野圭吾　同級生

講談社文庫　目録

東野圭吾　名探偵の呪縛
東野圭吾　むかし僕が死んだ家
東野圭吾　虹を操る少年
東野圭吾　パラレルワールド・ラブストーリー
東野圭吾　天空の蜂
東野圭吾　名探偵の掟
東野圭吾　悪意
東野圭吾　嘘をもうひとつだけ
東野圭吾　赤い指
東野圭吾　流星の絆
東野圭吾　新装版 浪花少年探偵団
東野圭吾　新装版 しのぶセンセにサヨナラ
東野圭吾　新参者
東野圭吾　麒麟の翼
東野圭吾　パラドックス13
東野圭吾　祈りの幕が下りる時
東野圭吾　危険なビーナス
東野圭吾　時《トキ》生《オ》〈新装版〉
東野圭吾　希望の糸
東野圭吾　どちらかが彼女を殺した〈新装版〉
東野圭吾　私が彼を殺した〈新装版〉
東野圭吾　仮面山荘殺人事件〈新装版〉
東野圭吾　十字屋敷のピエロ〈新装版〉
東野圭吾作家生活25周年祭り実行委員会　東野圭吾公式ガイド〈読者1万人が選んだ東野作品人気ランキング発表〉
東野圭吾作家生活35周年実行委員会 編　東野圭吾公式ガイド〈作家生活35周年ver.〉
平野啓一郎　高瀬川
平野啓一郎　ドーン
平野啓一郎　空白を満たしなさい(上)(下)
百田尚樹　永遠の0《ゼロ》
百田尚樹　輝く夜
百田尚樹　風の中のマリア
百田尚樹　影法師
百田尚樹　ボックス!(上)(下)
百田尚樹　海賊とよばれた男(上)(下)
平田オリザ　幕が上がる
東直子　さようなら窓
蛭田亜紗子　凜
樋口卓治　ボクの妻と結婚してください。
樋口卓治　続・ボクの妻と結婚してください。
樋口卓治　喋る男
平山夢明　魂《たま》豆《どう》腐《ふ》〈大江戸怪談どたんばたん(土壇場譚)〉
平山夢明 宇佐美まこと ほか　超怖い物件
東川篤哉　純喫茶「一服堂」の四季
東川篤哉　居酒屋「一服亭」の四季
東山彰良　流《りゅう》
東山彰良　女の子のことばかり考えていたら、1年が経っていた。
平田研也　小さな恋のうた
日野草　ウェディング・マン
平岡陽明　僕が死ぬまでにしたいこと
平岡陽明　素数とバレーボール
ビートたけし　浅草キッド
ひろさちや　すらすら読める歎異抄《たんにしょう》
藤沢周平　新装版 春秋の檻〈獄医立花登手控え(一)〉
藤沢周平　新装版 風雪の檻〈獄医立花登手控え(二)〉
藤沢周平　新装版 愛憎の檻〈獄医立花登手控え(三)〉
藤沢周平　新装版 人間の檻〈獄医立花登手控え(四)〉
藤沢周平　新装版 闇の歯車

本城雅人　去り際のアーチ〈もう一打席！〉
本城雅人　時代
本城雅人　オールドタイムズ
堀川惠子　裁かれた命〈死刑囚から届いた手紙〉
堀川惠子　死刑の基準〈「永山裁判」が遺したもの〉
堀川惠子　永山則夫〈封印された鑑定記録〉
堀川惠子　教誨師
堀川惠子　戦禍に生きた演劇人たち〈演出家・八田元夫と「桜隊」の悲劇〉
堀川惠子　暁の宇品〈陸軍船舶司令官たちのヒロシマ〉
堀川惠子・小笠原信之　チンチン電車と女学生〈1945年8月6日・ヒロシマ〉
誉田哲也　Qros《キュロス》の女
松本清張　黄色い風土
松本清張　殺人行おくのほそ道(上)(下)
松本清張　邪馬台国　清張通史①
松本清張　空白の世紀　清張通史②
松本清張　カミと青銅の迷路　清張通史③
松本清張　天皇と豪族　清張通史④
松本清張　壬申の乱　清張通史⑤
松本清張　古代の終焉　清張通史⑥
松本清張　新装版　増上寺刃傷
松本清張　ガラスの城〈新装版〉
松本清張　黒い樹海〈新装版〉
松本清張　草の陰刻(上)(下)〈新装版〉
松本清張他　日本史七つの謎
松谷みよ子　ちいさいモモちゃん
松谷みよ子　モモちゃんとアカネちゃん
松谷みよ子　アカネちゃんの涙の海
眉村　卓　ねらわれた学園
眉村　卓　なぞの転校生
眉村　卓　その果てを知らず
麻耶雄嵩　翼ある闇〈メルカトル鮎最後の事件〉
麻耶雄嵩　痾《あ》
麻耶雄嵩　メルカトルかく語りき
麻耶雄嵩　夏と冬の奏鳴曲《ソナタ》〈新装改訂版〉
麻耶雄嵩　メルカトル悪人狩り
麻耶雄嵩　神様ゲーム
町田　康　耳そぎ饅頭
町田　康　権現の踊り子
町田　康　浄土
町田　康　猫にかまけて
町田　康　猫のあしあと
町田　康　猫とあほんだら
町田　康　猫のよびごえ
町田　康　真実真正日記
町田　康　宿屋めぐり
町田　康　人間小唄
町田　康　スピンク日記
町田　康　スピンク合財帖
町田　康　スピンクの壺
町田　康　スピンクの笑顔
町田　康　ホサナ
町田　康　猫のエルは
町田　康　記憶の盆をどり
舞城王太郎　煙か土か食い物〈Smoke, Soil or Sacrifices〉
舞城王太郎　好き好き大好き超愛してる。
舞城王太郎　私はあなたの瞳の林檎
舞城王太郎　されど私の可愛い檸檬

2025年3月14日現在